„My favourite book."

Für Christian

Lisa Feldmann (Hrsg.)

100 noch nicht geschriebene Bücher

Vorneweg

Umschlagfoto: Dieter Eikelpoth

MY FAVOURITE BOOK
Düsseldorf
ISBN 3-9807769-1-3

Vorwort

Neulich habe ich mein Handy verloren. Das tut weh, denn plötzlich sind die Nummern von allen Leuten weg, die man so kennt. Dieses merkwürdige Sammelsurium an Freunden, Bekannten, Verwandten, Geschäftsbeziehungen.

Seltsam – die meisten von ihnen sind sich fremd, haben sich nie getroffen, nur im Speicher meines Handys sind sie sich nah, gehören zusammen. Darüber hinaus verbindet sie nichts?

Ich dachte lange nach, schließlich finden sich hier in alphabetischer Reihenfolge mein Pudelfriseur und, sagen wir, der Springer-Chefkolumnist Franz Josef Wagner. Was haben sie gemeinsam? Jetzt weiß ich es. Sie sind alle Geschichten-Erzähler. Mavie Hörbiger, schnatternd, morgens gegen drei, nach der hundertsten Zigarette, im Münchner Schumann's. Moritz von Uslar, vom Rücksitz aus monologisierend auf einer nächtlichen Fahrt nach Südfrankreich. Hamburgs Justizsenatorin Dr. Peschel-Gutzeit, im Speisewagen zwischen Berlin und Hamburg, wo wir uns treffen nach einem Ladies Lunch, bei dem wir beide den Lunch aus Termingründen sausen lassen mussten.

Ein Gedanke: Wie wäre es wohl, wenn sich alle diese Menschen aus meinem Handy treffen würden – und jeder erzählte eine Geschichte seiner Wahl? Ein Traum. Aber zwischen zwei Buchdeckeln werden Träume eben manchmal wahr. So entstand dieses Buch – 100 noch nicht geschriebene Geschichten. Eine Ideensammlung aus Sachbüchern, Romanen, Krimis und Biografien, in Klappentext-Länge aufgeschrieben.

Bleibt mir nur noch, alle Autoren zu einem gemeinsamen Fest einzuladen. Und endlich ihre Telefonnummern zu kopieren.

Lisa Feldmann
München, im Mai 2001

So ein Lausbub!

Kennst du meinen Opa, Konrad Huber? Heute ist er ein netter älterer Herr mit silbrigem Bart, aber vor ungefähr sechzig Jahren war er meiner Meinung nach ein richtiger Lausbub, den sie alle Konni nannten. Er lebte in einem winzigen Dorf in der Nähe von Pocking, in einem winzigen Haus, und er war das jüngste von 14 Kindern – das Nesthäkchen also. Ich dachte immer, so ein Leben wäre langweilig gewesen – ohne Fernseher, Gameboy oder Stereoanlage, noch dazu in so einem Nest mit nichts als Feldern rundherum. Aber dann hat mir mein Opa von seinen Abenteuern erzählt und ich wurde immer neugieriger, wie das früher so war mit den Lausbuben.

Weil ich seine Geschichten so spannend und lustig finde und weil ich außerdem sowieso Schriftstellerin werden will, habe ich alles aufgeschrieben, damit auch du was zu lachen hast. Manches ist aber auch gar nicht zum Lachen, da bin ich beim Aufschreiben richtig traurig geworden. Aber nicht lange, das darfst du mir glauben.

Elsa Bachmeyer, 12 Jahre alt, Schülerin aus Ortenburg bei Passau.

Die Mystik des Katers

Nur wenige körperliche und seelische Zustände haben ein noch schlechteres Image als der Kater: Liebeskummer vielleicht. Oder ein Total-Bankrott. Der Zustand »danach«, nach einer versumpften Nacht, den man schuldbewusst zu ertragen hat. Dabei könnte alles so schön sein!

Der Autor nähert sich dem Hang-over mit einem völlig neuen Ansatz: Als Zustand der Gnade, der erhöhten Empfindsamkeit, ja als quasi mystische Grenzerfahrung soll er erlebt und schöpferisch genutzt werden. Mit historischen und literarischen Beispielen wird belegt, wie anders manche Biografie verlaufen wäre, hätte der Held seine Entscheidungen mit klarem Kopf getroffen. Passend dazu gibt es Rezepte, die den Kater nicht vertreiben, sondern »annehmbar« machen. So wird aus dem berüchtigten Katzenjammer kein Blues, sondern eine Gute-Nacht-Geschichte für Genießer.

Stefan Gabanyi, 44, Kellner in der Münchner Institution Schumann's und Autor des Buches »Schumann's Whisk(e)y Lexikon«.

Wie komme ich hier raus?

Dieses Buch ist so wenig eine Abrechnung wie eine ernst gemeinte Anleitung: Vielmehr spiegelt sich in den unendlichen Varianten des Ausbrechens aus Gefängnissen, die Hamburgs oberste Juristin im Laufe ihres langen Berufsweges erlebt hat, auch ein Stück unserer Gesellschaft. Und als ginge es selbst beim Ausbrechen um Moden und persönlichen Geschmack, verraten Fluchtwege und -methoden, die gerade »im Trend« liegen, nicht nur etwas über den Fliehenden, sondern auch etwas über den Zeitgeist.

Sei es der (missglückte!) Versuch, mit Hilfe einer simulierten Herzattacke in die Krankenstation mit dem defekten Heizungskellerfenster verlegt zu werden; sei es der Klassiker – in Teigwaren in die Anstalt geschmuggelte Feilen und Sägen –, der Mensch mit seinem Wunsch, auch gerechte Strafen möglichst zu umgehen, bleibt faszinierend. Und wohl niemand kann diesen »Profiflüchtling« so humorvoll und gleichzeitig kenntnisreich betrachten und beschreiben wie die Autorin.

Dr. Lore Maria Peschel-Gutzeit, geboren in Hamburg, beginnt ihre Laufbahn als Richterin und nimmt später an verschiedenen Universitäten Lehraufträge an. Seit 1997 ist sie als Justizsenatorin in Hamburg tätig. Außerdem ist sie sehr engagiert im Kinderschutz und hat dazu mehrere Standardwerke veröffentlicht (»Zum Wahlrecht von Geburt an«). Für Ende 2001 ist ein Kinderbuch geplant: »Weihnachtsgeschichten von Prominenten«.

Partner – der befreite Mann
© Tania Lehmann

Tania Lehmann kennt seit Jahren die Wünsche und Sehnsüchte der Frauen nach dem richtigen Partner. Sie stellt die These auf, dass sämtliche Probleme des modernen Mannes mit seiner höchst neurotischen Mutter-Beziehung zusammenhängen. Gewissermaßen als Denkanstoß – nicht als Vorwurf! – möchte sie dies einer ganzen Generation »neuer Mütter« mitgeben.

Die ewige Jugend der Mutter entläßt den Sohn nicht ins erwachsene Leben. Das permanente Nachgeben, die fehlende Konsequenz, ein nicht kindgerechtes Mitentscheidenlassen, machen aus den kleinen Jungen Machos, die ihre späteren Freundinnen und Frauen »ohne mit der Wimper zu zucken« verletzten. Und die unangemessene Bedeutung als »einziger« Mann im Leben ihrer allein erziehenden Mutter verhindert eine gesunde Entwicklung der Liebes- und Beziehungsfähigkeit – Mami bleibt für immer die »Nummer 1«. Somit sind später nachfolgende Freundinnen und Frauen niedriger angesiedelt, werden mit weniger Respekt behandelt und »dürfen« jederzeit verletzt werden.

Als Männer-Fan bedauert Tania Lehmann, dass Freundinnen und Frauen oft nur für kurze Zeit oder gar nicht zugelassen werden. Oder die Wahl des Mannes fällt direkt auf einen gleichgeschlechtlichen Partner, weil dies als geringerer Treuebruch gegenüber der Mutter verbucht werden kann.

Ein Buch für Frauen, die nicht verstehen, warum eine ganze Generation von Männern als Partner quasi ausfällt.

Dr. Tania Lehmann sieht sich vor allem als Menschenfreundin und arbeitet als Gynäkologin und Anti-Ageing-Ärztin für Mann und Frau in München.

Life is a Sitcom
© Helmut F. Albrecht

Geburt in einer Offiziersfamilie. Militärisches Zwangsgrüßen des Vaters schon als Kind. Flucht aus der Kadettenanstalt. Zeltaufbauer bei einem Wanderzirkus. Erste Versuche als Bauchredner. Entwickeln von Texten ohne Labiallaute. Der große Magusto stößt zur Truppe. Seine Erinnerungen an die Eröffnung des Kristallpalastes in London. Einweisung in die magische Manipulation. Schwierigkeiten durch unbeweglichen Ringfinger der rechten Hand. Erste Schritte auf dem Schlappseil mit Lehrmeister »Swinging Harry« aus Wales. Schwindelanfälle. Absturz.

Krankenhausaufenthalt im Odenwald. Liebe zu einer älteren Krankenschwester. Entschluss, das Leben zu ändern. Grafikausbildung in Leiden. Spezialisierung auf Zirkusreklame. Verteidigung von Goethes Farbenlehre. Übersiedlung nach England. Versuche an der Universität von Huxhall. Operateuren wird durch Speziallampen im OP grünes Blut der Patienten vorgetäuscht. Ausrutschende Skalpelle verursachen Schnittwunden. Schadensersatzprozesse. Flucht aus Großbritannien.

Engagement am Varieté in Hannover. Schicksalhafte Begegnung mit falschen siamesischen Zwillingen. Einweisung in den Stepptanz. Saltoübungen an der Longe. Ein Mordversuch in der Garderobe. Tatverdacht fällt auf Clown Petrocello. Auftritt ohne Licht. Der hinterhältige Hausmeister. Ein radebrechender

Doppelgänger verbreitet Unruhe. Entlarvende Fotografien. Selbstmord des Clowns. Arbeit mit Keulen. Wieder Probleme mit dem Ringfinger. Varieté-Direktor Twiatkowski verschwindet über Nacht mit den letzten Monatseinnahmen.

Kleine Erbschaft aus Portugal. Ein Jahr der Reisen und Abenteuer. Anatomische Studien. Als menschlicher Roboter auf Messen und im Schaufenster großer Textilhäuser. Spondialochondrose mit ventralen osteophytären Randwülsten beendet Karriere. Debüt als Theaterautor mit dem Stück »Die Winde des Vatikans«. Auftritt mit eigener Truppe. Eifersuchtsdrama durch Hauptdarstellerin Virginia. Die Truppe zerfällt. Aufenthalt bei Freund Giorgio in Turin. Auslandsstipendium ermöglicht Forschungsarbeiten an der Universität zu Padua. Promotion über Cluster-Kopfschmerz nach Wein-Abusus. Schmerzdefinition nach Weinprovenienzen. Hauptmerkmale: Grüner Veltliner – pochend. Bordeaux – schwingend. Languedoc – stark vibrierend.

Erholung in Paris. Entdeckung bei einem Antiquar am Ufer der Seine: Adrian Wettachs geheime Aufzeichnungen über sein Leben als Clown Grock. Seine Liebe zu Chronometern. Der Funke springt über. Stilübungen: Zerlegen von Taschenuhren. Als Assistent bei Lamardin in Genf. Arbeit mit der Lupe. Einführung in die Nautik. Ein selbst gebauter Sextant. Höhepunkt: Reparatur einer Kirchturmuhr in St. Blasien. Schwindelanfall. Großer Zeiger verhindert Absturz. Ein neues Hobby. Gründung eines Luftpumpenorchesters in der Bretagne. Liebe zu einer wohlhabenden Käsereibesitzerswitwe. Heirat und Rückzug ins Privatleben. Zukunftspläne am Boden eines Brunnens auf Packpapier notiert. Arbeit im Weingarten. Spaziergänge mit dem Hund. Jugendasthma tritt wieder auf. Eine Kaseinallergie trübt spätes Liebesglück.

Helmut F. Albrecht, Jg. 1933, ist Kabarettist. Mit seinem Programm »Allo Chefe, alles paletti«, in dem er den türkischen Einwanderer Ali Übülüd spielt, hat er es zu bundesweiter Bekanntheit gebracht.

Fast Fuck
© Steffen Burkhardt

Der Laden ist wie immer höllisch voll. In langen Schlangen stehen frisch geduschte Menschen vor den Séparées und warten an den Kassen auf Einlass. *»Was kann ich für dich tun?«*, fragt der athletische Verkäufer und lächelt das weiche, weiße Lächeln seiner Kollegen – geklonter Sexappeal. Perfekte DNA. HIV-resistent. EQ und IQ liegen im Spitzenbereich. Über ihm informiert eine Leuchttafel über Produkte und Preise. »Fuck now!«, steht auf seinem T-Shirt. Es ist heiß hier. Er schwitzt nicht. *»Darf ich dich auf unsere Kamasutra-Aktionswoche hinweisen: sieben Minuten Hardcore plus drei Minuten Softmassage für nur 14 Dollar 80. Da sparst du ganze zwei Dollar«*, jubelt der charmante McDick-Angestellte.

Er hat einen harten Job: Die Kundschaft will rund um die Uhr befriedigt werden, sieben Tage die Woche. Er und seine Kollegen geben alles. Nur nicht aufgeben. Die Qualität muss stimmen. *»Was kann ich für dich tun?«*, wiederholt er seine Frage. Die Kundin mit den viel zu breiten Hüften hat Schweißperlen auf ihrer Stirn: *»Mach mich glücklich.«*

Steffen Burkhardt, 23 Jahre alt, lebt in Hamburg und arbeitet als freier Autor.

Pudel-wohl!
© Andreas Rustinger

Sie wollen schon immer alles über den Pudel wissen? Lassen sich nicht einlullen von Modeerscheinungen wie dem Yorkshire- oder Westhighland-Terrier? Können nur lachen über schlichte Gemüter wie Labradore und Golden Retriever? Und halten den – nicht unbedingt – kleinen Kerl mit der großen Klappe schlicht und einfach für den König der Tiere?

Dann ist dieses Bändchen von Andreas Rustinger für Sie unverzichtbar. Denn was der gelernte Tierpfleger und Hilfsveterinär über diese zu Recht einst von Kaisern, Filmstars und Operndiven verehrte Rasse zu berichten weiß, basiert auf unendlicher Geduld, sensiblem Stilgefühl und beinahe 40-jähriger Erfahrung.

Geschichten aus dem traditionsreichsten Hundesalon Münchens. Anekdoten von vornehmen Vierbeinern, die nicht selten in Limousinen vorgefahren werden. Von prominenten »Frauchen«, die ihre Lieblinge passend zu ihrer Sommergarderobe frisieren lassen. Von Champions und Witwentröstern, kleinen Biestern und großen Snobs. Und immer von Herzen.

Andreas Rustinger, 65, Tierpfleger und Veterinär, gilt als der beste Pudelfriseur Münchens. Seinen Salon am Gärtnerplatz hat er mittlerweile in die Hände seiner langjährigen Mitarbeiterin Anita Schmid übergeben; und immer noch werden Hunde hier ein bisschen besonderer gebadet, getrimmt, geschoren und gekämmt.

Masterplan für Europa
© Erwin Teufel

Weniger als die Hälfte aller Deutschen glaubt heute, dass die Europäische Union eine gute Sache sei; nur etwas mehr als ein Drittel ist der Meinung, dass Deutschland von der EU-Mitgliedschaft profitiert; und noch nicht einmal ein Viertel befürwortet die Ost-Erweiterung.

Die Bürgerinnen und Bürger haben das Vertrauen in die europäischen Institutionen verloren. In Zeiten von Rinderwahnsinn und bürokratischer Regelungswut scheint die Hoffnung gering, dass die Liebesgeschichte zwischen der schönen Europa und Göttervater Zeus, der sich um ihretwillen in einen Stier verwandelt hat, noch irgendwie zu einem Happy End finden könnte.

Das Buch schildert, wie das Vertrauen in die europäischen Institutionen – und die Politik insgesamt – durch konsequente Anwendung des Subsidiaritätsprinzips wieder hergestellt werden kann. In diesem »Masterplan« wird Europa vom Kopf auf die Füße gestellt. Unter dem Motto »Vorfahrt für kleine Einheiten« plädiert der Autor für eine klare Abgrenzung der Kompetenzen und Verantwortlichkeiten zwischen den einzelnen Politikebenen von der Gemeinde über die Länder, Regionen und Nationalstaaten bis hin zur europäischen Ebene.

Erwin Teufel ist Ministerpräsident von Baden-Württemberg.

Saturnische Lektionen

Man selbst befindet sich gerade in einer ausgewachsenen Lebenskrise und fühlt sich absolut schrecklich. Da begegnet uns jemand, der ist frisch geschieden – oder sonstwie vom Leben gebeutelt – und verkündet, welch wunderbare Erfahrung das doch war. Irgendwie scheint es wohl mit der eigenen spirituellen Tiefe und Reife immer noch etwas zu hapern, sonst würden Krisen ja nicht so schmerzen.

Ist das so? Astrologisch betrachtet muss wirklich nicht jede Entwicklung mit Schmerz verbunden sein. Ist zum Beispiel Jupiter der Impulsgeber, fällt Entwicklungsarbeit spielerisch leicht, dann ist selbst eine Trennung eine echte Befreiung. Kommt Uranus dazu, bieten sich urplötzlich spektakuläre Chancen, über sich selbst förmlich hinauszuwachsen. Ganz anders wirken die Lektionen Saturns. Zwar hilft er dabei, mit einmaliger Konsequenz Untaugliches auszusortieren. Das geht aber nur mit echter Arbeit, schmerzliche Ablöseprozesse inbegriffen. Ganz lebendig machen isolierte Uranus-Transite. Veränderungen und beschleunigte Entwicklungen sind versprochen. Allzu Etabliertes, Verkrustetes wird förmlich aufgesprengt. Sanft, aber nachhaltig löst Neptun Überholtes auf. Die Ziele bleiben dabei lange im Nebel. Da hilft nur Vertrauen. Noch elementarer wirken Pluto-Transite. Eine Metamorphose beginnt. Das birgt die einzigartige Chance, das Beste in sich nach außen zu bringen.

Roswitha Broszath ist Heilpraktikerin und Astropsychologin, Autorin von »Die Lebenskraft des Mondes«; sie lebt und arbeitet in Berlin.

Die stolze Müllerstochter

»Wir waren eine kinderreiche Familie. Meine Mutter brachte zehn Kinder zur Welt, von denen eines im Säuglingsalter starb.« Ländliche Szenen in Niederbayern – gewiss keine idyllischen Genrebildchen. Was Josefa Drechsler aus ihrem Leben bis zum Kriegsende 1945 zu berichten hat, gehört in die Kategorie Sozialgeschichte.

Ihr Vater, der Müllermeister, war ein »harter Brocken«. Damit ist freundlich umschrieben: Er war ein Tyrann, er trank und betrog seine Frau. Ihr Lehrer vergreift sich an dem jungen, begabten Mädchen. Als der französische Kriegsgefangene Emile zur Zwangsarbeit in der Mühle herangezogen wird, beginnt eine folgenschwere Affäre, die die »stolze Müllerstochter« mit einer Gefängnisstrafe büßen muss.

Die Autobiografie einer mutigen Frau und ein Panorama des Alltags im Bayerischen Wald während seiner dunkelsten Zeit.

Josefa Drechsler, geboren 1922, lebt in Rechertsried im Bayerischen Wald.

Ein Huhn, ein Koch, zwei Flammen

Ob im Ferienhaus auf Sylt, im Apartment in Berlin, unterwegs in einem Wohnmobil in Australien oder auf einer Yacht vor Sardinien: Um gut und gesund zu kochen, brauchen Sie alles andere als eine komplett ausgestattete Luxusküche. Zwei Flammen tun es allemal – and you can do it!

Dieses Kochbuch zeigt Ihnen, wie Sie schmoren, braten, dünsten und pochieren: krisen- und chaotensicher, auf engstem Raum, mit einfachen Mitteln und wenig Aufwand. Und trotzdem bühnenreif. Ob Sie für sich allein kochen, für den Mann und die Frau an Ihrer Seite oder gleich für die ganze Clique – es geht! Angenehmer Nebeneffekt: Bei zwei Flammen behalten Sie dreckige Töpfe und Pfannen garantiert im Griff. Ob Chicken Wings mit süßsaurer Chili-Sauce, Perlhuhnbrust mit australischen Macadamia-Nüssen, gefüllter Turkey wie in New Hampshire oder getrüffelter Kapaun aus der Bresse: jede Menge neue, überraschende und raffinierte Geflügelrezepte – für Freizeitgenießer zwischen Spaziergang und Nachtclub ebenso machbar wie für berufstätige Trendsetter zwischen Briefing und Präsentation!

»Ein Huhn, ein Koch, zwei Flammen« ist ein Rezeptbuch für moderne Abenteurer, Nomaden und Gourmet-Astronauten.

Said Frank Khachi, 40, ist in Teheran aufgewachsen, hat überall auf der Welt in die Töpfe geguckt und arbeitet jetzt als Koch und Journalist in Hamburg.

Wie werde ich eine Intellektuelle?
© Mavie Hörbiger

Dieses Buch ist all jenen Frauen gewidmet, die sich andauernd mit intellektuellen Männern konfrontiert sehen. Und von denen begehrt werden, obwohl sie nie so recht wissen, was sie mit ihnen anfangen sollen. Für diese gar nicht einmal kleine Randgruppe bietet unser Guide zwei alternative Lösungswege:

1. Wie schaffe ich es, diese Typen loszuwerden, die einen zu Tode langweilen mit Themen wie: »*Kann man die neue Kollektion von Comme des Garçons verstehen, ohne Nietzsches Unzeitgemäße Betrachtungen gelesen zu haben?*«

2. Wie werde ich selbst eine Intellektuelle – vielleicht interessieren sich dann endlich attraktivere Männer für mich?

Während der erste Teil eine Mischung aus rigoroser Bestandsaufnahme und eiskalter Analyse ist, beschäftigt sich der zweite Teil detailliert mit pragmatischen Tipps und bietet obendrein ein 8-Punkte-Programm, das jede Frau in wenigen Wochen erfolgreich absolvieren kann.

Mavie Hörbiger, 21, jüngster Spross der gleichnamigen Schauspielerdynastie, frisch ausgezeichnet mit dem österreichischen Medienpreis »Romy« als beste Nachwuchsschauspielerin.

Wann kommst du nach Hause?

Die Sehnsucht nach dem verlorenen Paradies der Kindheit wird zur Obsession.

Georg Menebröker, ein Geschäftsmann, der gerade Bankrott angemeldet hat und vor dem Nichts steht, will verzweifelt wieder zurück ins naive Glück der jungen Jahre. Er begibt sich nach Berlin, klingelt an der Tür seines Elternhauses, in dem jetzt ein altes Ehepaar lebt, das noch nicht ahnt, dass dieser Besucher für immer bleiben wird. Er weigert sich, sein ehemaliges Kinderzimmer zu verlassen, richtet es wieder so ein wie früher, ist gespenstisch glücklich – eine Wahnwelt, der die beiden Alten zunächst hilflos gegenüberstehen. Andererseits ist plötzlich Leben im Haus. Sie wollten immer ein Kind, jetzt haben sie eins. Sie gewinnen es lieb. Georg Menebröker wird adoptiert und eingeschult – der Hausarzt hat ein Herz für diese merkwürdige Familie und bescheinigt dem Kind eine Wachstumsstörung, die es ungewöhnlich erwachsen aussehen lässt.

Eine tragische Groteske nimmt ihren Lauf: Georg verliebt sich in seine Lehrerin und will auf einmal raus aus dem ganzen Wahnsinn.

Der Roman »Wann kommst du nach Hause?« verbindet auf grandiose Weise den Schmerz der großen russischen Erzähler mit dem Witz der »Feuerzangenbowle«.

Christian Kämmerling, 46, Journalist, von 1991 bis 2000 in der Chefredaktion des »SZ-Magazins«.

Der Papst in den Fladen

Dies ist die Lebensgeschichte jenes Papstes, der auf dem Konzil zu N. ex cathedra verkündete, Tiere hätten keine Seele.

Infolge dieses scholastischen Tricks waren nun selbst so liebenswerte Tiere wie Kühe, Schafe und Schweine der menschlichen Fress- und Geldgier ausgeliefert, ohne dass bei ihren Peinigern ein Gefühl von Schuld oder Sünde entstand – bis hin zu den schaurigen Massentötungen unserer Tage.

Dennoch hat diese Lebensgeschichte ein Happy End. Zu seinem großen Erstaunen landet der kaltherzige Kirchenfürst nicht, wie befürchtet, in der Hölle, sondern im Paradies. Dort allerdings muss er seine Wolke mit 60 000 heiligen Kühen teilen, die ihn langsam, unter monotonem Muhen, mit Kuhfladen bedecken …

Eine historische Biografie.

Hans Traxler, Jahrgang 1929, politischer Cartoonist und Buchautor.

Weg

© Karina Lübke

Es geht um Lorenz und seine Graugänse, Pawlow und seine Schäferhunde, Glenda und ihre Männer. Um den Unterschied zwischen Sex und Liebe, Leben und Dasein, neunzehn und zwanzig. Und ob es nicht besser ist, ihn nie zu erfahren.

»Das alles ist Jahre her. Gestern bin ich aufgewacht und hatte nicht von ihm geträumt. Da dachte ich zum ersten Mal, ich habe es überlebt. Er nicht.

Nur manchmal, wenn ich betrunken oder gedankenlos glücklich bin, sehe ich aus den Augenwinkeln zwei Gespenster neben mir: einen blonden Jungen, der nach meiner Hand greift, und einen schwarzweißen Hund, der uns umspringt. Als sei dieser Moment das geheime Symbol für Glück, mein Heiligenbild von der Liebe.

Wenn ich dann hinsehe, sind beide fort, doch über diese Leere stolpert mein Herz immer noch. Es scheint, man darf Liebe nicht genau ansehen. Höchstens im Auge behalten. Sonst ist sie weg.«

Karina Lübke, 38, Hamburg, freie Autorin für Film und Medien, veröffentlichte Kurzprosa.

Geschichte, Architektur, Geschichten

Das Buch hat zwei Ebenen: Eine nach innen gerichtete Ebene handelt vom geistigen Abenteuer der Erschließung des Stoffes und eine nach außen gerichtete Ebene erzählt vom zeitgenössischen Wissenschaftsbetrieb. Das Fach Architekturgeschichte ist ein Gebiet, von dem viele etwas verstehen. Für die tiefere Einsicht müssen jedoch solch gegensätzliche Fähigkeiten und Erfahrungen zusammenkommen wie räumliches und begriffliches, intuitives und systematisches sowie konkretes und abstraktes Denken. Mit seinem Buch gelingt es dem Autor auf glückliche Weise, diese unterschiedlichen Vorstellungswelten miteinander in Einklang zu bringen.

Zum Inhalt: Der Architekturhistoriker berichtet über seinen spektakulärsten »Fall«: die fast detektivische Überführung der Urheberschaft des Waaggebäudes in Haarlem. Über die Frage, wer ursprünglich dafür zeichnete, hatten sich die hervorragendsten holländischen Gelehrten seit hundert Jahren immer wieder gestritten. Der Schlüssel zur Lösung lag in der akribischen Aufarbeitung des Entwurfsprozesses. Die Geschichte der Fahndung danach ist spannend wie ein Roman. Mehr noch, wie ein Krimi.

Karl Kiem, Jahrgang 1953, hat an der TU Berlin im Fach Baugeschichte sowie an der Universität von Amsterdam im Fach Kunstgeschichte promoviert und ist an der TU Hamburg-Harburg habilitiert. Zu seinen größeren Arbeiten gehören Untersuchungen zur deutschen Gartenstadtbewegung des frühen 20. Jahrhunderts und zur Architektur des 17. Jahrhunderts in Holland.

Donna und die Männer

Woran sie sich nicht satt sehen kann, das sind seine Punkte. Ihr Anblick erfüllt sie mit Zärtlichkeit. Die blonden kleinen Haare auf dem kräftigen, männlichen Arm versprechen ihr weiße, zarte Haut am ganzen Körper, und die hellbraunen und dunkleren Punkte verraten rötliche Strähnen in Braue, Bart und Scham. Sie denkt an liebevolle, starke Sanftheit und zitterndglühende Erotik. Sie liebt diese Punkte.

Er ist nicht der Erste und auch nicht der Einzige. Seit der besonders schön gepunktete R. lange Zeit der König ihres Herzens war, hat sie das Faible für Punkte. R. wird allerdings ihre große Enttäuschung, als er sie doch nicht heiratet … Ihre große Liebe war L., von dem sie sich nach Jahren der Musik, der Ausschweifungen, Drogen, Suff und Prügel trennt und der später im Rausch ums Leben kommt. Schon L. hatte drei zauberhafte Punkte aufzuweisen, die die Spitze seines Gliedes wie den Kopf eines Delfins aussehen ließen.

Heute ist alles anders. Hier scheint etwas nicht zu stimmen. In der Dunkelheit sieht Donna es ganz deutlich. Sie zwinkert und traut ihren Augen kaum. Die Punkte leuchten von innen wie kleine Sterne unter der Haut. Ist der Mann ein Raumschifffilmkomparse?

Anja Kießling, geboren 1956 in Berlin, Rockmusikerin. Ihre aktuellen Bands: »Barking Birds« und das Frauentrio »Herr Neumann«.

Widenmayerstraße 12
© Reinhard Siemes

Liebe Frau Kleemann, seit nunmehr 25 Jahren sind Sie meine Hausmeisterin. Streng und nachsichtig, korrekt und bisweilen mit Blick für das Unwesentliche. Außerdem haben Sie eine wunderbare Sprache – einfach, geradeaus und notfalls mit Fremdwörtern aus dem Bayerischen. Ich denke, es ist an der Zeit, dass Sie sich an den PC setzen (den Sie nicht haben) und eine 25 Jahre währende Geschichte schreiben. Nicht über die anderen Mieter des Hauses 12. Sondern über mich. Wie leicht zu erkennen, bin ich vor einigen Monaten 60 geworden. Darum ist es an der Zeit, dass ich mir die Frage stelle: »Wer bist du überhaupt?«

Sicher, ich könnte zu einem Psychotherapeuten gehen. Der würde rasch herausfinden, dass ich im Alter von vier Monaten von der Wickelkommode gefallen bin und so zum Alkoholiker wurde. Nur, jeder dritte Säugling erlebt einen solchen Fall – weshalb die Natur in weiser Voraussicht die Kleinkindknochen flexibel gemacht hat. Tatsächlich sind Menschen in meinem

Alter geprägt von den Häusern, in denen sie in den letzten 25 Jahren gelebt haben. Von den Treppenaufgängen mit den kalten Kunststeinstufen, den streikenden Aufzügen, den Kellerabteilen, die immer zu klein sind, den Wohnungen mit den tropfenden Heizkörpern und dem Badewasser, das zwischen neun und zehn Uhr früh abgestellt wird, weil wieder einmal ein Rohrbieger im Haus ist. Auf diese Weise entsteht ein ganz spezieller Menschentyp: der Mieter.

Über diesem bewegt sich wie ein Nachrichtensatellit die Hausmeisterin: *»Sie haben über Nacht außen an Ihrer Wohnungstür den Schlüssel stecken lassen.« – »Ich weiß, wir bräuchten mindestens vier Papiertonnen, haben aber leider nur die eine.« – »Sie schließen nie Ihr Fahrrad ab. Wollen Sie auf diesem Wege ein neues?«– »Ich will mich ja nicht einmischen, aber dass Sie diese Frau los sind, ist ein Segen für Sie.« – »Jemand hat in Ihr Kellerabteil eingebrochen. Oder waren Sie das selbst, weil Sie unbedingt an Ihren Weinvorrat wollten, aber den Schlüssel nicht gefunden haben?« – »Sie sehen heute gar nicht gut aus, aber das geht mich nichts an.« – »Na, endlich sehen Sie wieder besser aus, aber Ihre Haare sind dünner geworden.« – »Fragen Sie mich bloß nicht nach meinem Mann. Ich frage Sie auch nicht nach Ihrer ersten Frau.«*

Wissen Sie eigentlich noch, wie oft ich meinen Wohnungsschlüssel in der Wohnung vergessen habe und vom Hof über Ihre Hausmeisterleiter in das vorsichtshalber offen gelassene Fenster eingestiegen bin? Natürlich wissen Sie es, weil Sie alles wissen. Sie müssen es nur aufschreiben. Nicht für die Menschheit. Die wäre allenfalls gelangweilt. Aber für mich. Und vielleicht auch ein bisschen für Sie. Ich zahle Ihnen dafür auch gern zehn Therapiestunden à 450 Mark, Analytiker, die keine Hausmeisterin haben, sind besonders teuer.

Reinhard Siemes, Texter, Langsockenträger, JPS-Raucher, Dozent für dies und jenes. Gründer und Leiter der Texterschule im Internet. Mitglied im Beirat Sprache des Goethe-Instituts. Mieter.

Kufsteinperlen

»*Kennst du die Perle?*«, jodelten mir die beiden im Dirndl entgegen, als ich den Heuschober betrat. Maria und Margot hielten einander an den Händen. Und wirbelten im Kreis auf dem ausgelatschten Lehmboden. So schön, so jung, so frisch hatte ich die beiden nie zuvor gesehen. Die ganze Scheune duftete nach der wenige Tage zuvor eingefahrenen Heuernte und war erfüllt von den Stimmen der Sängerinnen. Ihre Mieder waren fest geschnürt und ihr goldenes Haar umflocht in festen Kränzen ihre Köpfe.

»*Gerhard, wie schön, dass du gekommen bist*«, umherzte mich Margot und drückte mich krafterfüllt an ihre Brüste. »*Das ist der Busen der Heimat*«, sagte Maria und streichelte meinen Kopf. Ihre Hände leuchteten. »*Was hat das zu bedeuten?*«, wollte ich fragen, doch sie nahm die Antwort vorweg: »*Wir sind die Feen der Heimat, Gerhard, und sollen dich glücklich stimmen. Du musst deine Brüder und Schwestern zu uns führen, hoch auf die Berge, zu den Quellen, zum Ursprung.*« – »*Zum Ursprung?*« – »*Zeig ihnen die Heimat, sie haben sie verloren*«, erwiderte Margot und fasste Maria an den Händen.

Sie begannen erneut, einander zu drehen, schnell, immer schneller, und lösten sich dabei in Goldstaub auf. Glitzernd rieselten sie auf das leuchtende Heu und umhüllten es sanft mit ihrer Melodie: »*Kennst du die Perle, die Perle Tirols?*«

Ein nicht ganz fiktiver Roman um falsche Töne und wahre Heimatgefühle.

Gerhard Meir, 45, Friseur in seinen drei »Le Coup«-Läden in München, Hamburg und Berlin, Kolumnist.

Was denkt man, wenn man nicht denkt?

Denken, ohne zu denken, ist denkbar! Wer jetzt vermutet, es handele sich hier um einen populistischen Versuch, deutsche Politiker zu verunglimpfen, irrt.

Neben dem »Was stößt das Denken an?« steht zunächst das »Wie kommt es zu einem Gedanken?« und damit auch das »Entsteht ein Gedanke aus dem Nichts?«. Letzteres erscheint schon einem Kind unwahrscheinlich; mag es sich bei manchem Geistesblitz auch um ein Wunder handeln – aber ein Wunder ist jedenfalls mehr als nichts.

Andererseits, was soll denn, bitte schön, Nicht-Denken sein? Ist An-nichts-Denken etwas anderes als Nicht-Denken? Fremd bleibt der Gedanke des Nicht-Denkens. Eine mögliche Definition des Nicht-Denkens liefert dieses Buch, eine Anleitung zur Erforschung des Nicht-Gedachten.

Jo Crass, 1966 geboren, Diplommathematiker, arbeitet in der EDV-Abteilung einer großen Bank.

Wiedersehen in Dahlem-Dorf

Der Berliner Villenvorort im September 2040: die letzten warmen Sonnenstrahlen des Jahres. Vier alte Freunde, die sich seit Jahrzehnten aus den Augen verloren hatten – ihre große Zeit war das quirlige Berlin-Mitte um die Jahrhundertwende –, treffen sich auf Einladung des bedeutend wohlhabenden Alfred Griesmann und seiner weit über die Grenzen Berlins für ihren Stil und ihre Schönheit geachteten Frau Daisy zu einer furiosen Party, um Mr. Alfreds achtzigsten Geburtstag zu feiern. Cocktails, Jazz, lange Gespräche: Man hat sich so viel zu erzählen. Die Feierlichkeiten sollen eine Woche lang anhalten. Daisy – erst seit knapp einem Jahr mit Mr. Alfred verheiratet – beeindruckt alle mit ihrer irgendwie tiefsinnigen Schweigsamkeit und geht jeden Abend gegen zehn Uhr schlafen, während die fünf alten Herren, auch von den Diensten eines Eskort-Services angefeuert, bis tief in die Nacht in ihren Vergangenheiten schwelgen.

Am letzten Abend – Mrs. Daisy ist gar nicht erschienen – sind die Liebe und Mr. Alfreds späte Heirat das Thema. Erstaunt stellen die vier alten Freunde fest, dass sie alle jeweils zehn Jahre verheiratet waren und ihre Ehen exakt eine auf die andere folgten. So dass – theoretisch – alle mit derselben Frau verheiratet gewesen sein könnten. Große Fröhlichkeit, dann Schreck und Schweigen: Mr. Alfred kann nur mühsam davon abgehalten werden, augenblicklich nach seiner Frau zu sehen. Wer spinnt, wer hat zu viel getrunken? Wozu ist eine schöne Frau fähig, wozu fünf Gentlemen, die sich – am Lebensabend – betrogen fühlen? Ein Abend, der letzte von sieben, wird alle Antworten nicht geben können.

Moritz von Uslar, 30, ist Reporter beim »SZ-Magazin« und schreibt gerade sein zweites Theaterstück. Er lebt in Berlin-Mitte.

Meine fünf Leben

Im Alter von 93 Jahren erinnert sich Helene Tietz an ihr Leben. Aus der väterlichen Fürsorge im Vielvölkerland Siebenbürgen locken Liebe und Fernweh die 19-Jährige ins brodelnde Berlin der 20er und 30er Jahre.

Dort zieht sie mit ihren Kindern in bitterer Not 13-mal um und flieht vor ihrem Mann, einem überzeugten Nazi. Ihre zweite Ehe führt sie nach München. Das Glück bleibt nicht lange, der Krieg raubt ihr die große Liebe und das Dach überm Kopf. Fast mittellos baut sie für ihre Kinder ein neues Haus und verkauft es als 63-Jährige. Mit einem Wörterbuch in der Hand verwirklicht sie in Spanien ihre Träume vom Leben unter Palmen, von Freiheit und Ungebundensein. Sie lernt Botschafter kennen und Millionäre, Abenteurer und Verrückte und reist im Fiat 600 mit einem schwulen französischen Grafen durch Marokko.

Eine Lebensgeschichte, geprägt von Improvisationstalent, Abenteuergeist und Selbstbehauptungswillen, spannend erzählt von einer jung gebliebenen Zeugin ihres Jahrhunderts.

Helene Tietz, geboren 1908, lebt in München.

Kamerad Märchen

Die Geschichte vom Leben der Baronin Elsa Sophia von Kamphoevener, die zum Ende des 19. Jahrhunderts und im Alter von vier Jahren mit ihrem Vater von Hameln an der Weser nach Istanbul am Bosporus zog, am Hof des letzten osmanischen Kalifen aufwuchs und später einige Jahre lang mit den Karawanen wanderte, um die Märchenerzähler der Nomaden kennen zu lernen.

Die Gesetze der osmanischen Geschichtenerzählergilde:

1. Jeder hat sein eigenes Repertoire, und wer Geschichten erzählt, die nicht ihm gehören, ist ein Märchendieb und wird ähnlich bestraft wie ein Pferdedieb.
2. Die Geschichten dürfen nicht aufgeschrieben werden.
3. Sie werden nur von Männern für Männer erzählt.

Aus diesem Grund hatte sich die junge Baronin die Haare kurz geschnitten und ritt jahrelang, als Mann verkleidet, durch den osmanischen Orient. Zurück in Deutschland und inzwischen 60, erzählte sie während des 2. Weltkriegs als Truppenbetreuerin deutschen Soldaten an der Front die alttürkischen Geschichten. Die Landser nannten sie »Kamerad Märchen«.

Helge Timmerberg, 1952 geboren, lebt als Autor und freier Journalist in Berlin.

Auf dem Weg zum mündigen Patienten

Wie viel Verantwortung für sich selbst übernimmt ein Patient in einer Heilkultur, in der die Diagnosestellung mit Hilfe hoch technisierter medizinischer Geräte die Hauptsache ist? In der Therapie im Wesentlichen aus chemischen Medikamenten besteht und der Kranke nur noch Kontakt zu funktional und zeitsparend arbeitenden Medizinern hat? In der die Ärzte in einem hierarchischen System ausgebildet werden, das der Erfüllung der Chefarztbedürfnisse den Vorrang vor den Belangen des kranken Menschen gibt?

– Können Patienten überhaupt Verantwortung übernehmen, während die moderne Medizin sich in Diagnosen und Begriffen verliert, die Laien nicht verständlich sind und die existenzielle Erfahrung des Krankseins sprachlich nicht transportieren?

– Kann da Verantwortung sein, wo man sich nicht angenommen fühlt, kaum etwas erklärt bekommt, den Aussagen der Ärzte heimlich misstraut?

Dieses Buch macht immun gegen die Übergriffe der Medizin. Es ist das stärkende Elixier, das wir brauchen für unseren Weg zum informierten und letztendlich selbstverantwortlichen Patienten.

Jutta Schnee, 45, arbeitet als Heilpraktikerin in München.

»Welch beglückender Morgen, als ich heute unter der Dusche den kleinen schwarzen Fleck auf meiner Brust entdeckte. Ein malignes Melanom. Also war das Sonnenbad doch nicht umsonst. In vier Wochen wird mich der Hautkrebs verschlungen haben. Das wird ein Sterben, für das sich zu leben lohnt.«

So der erste Eintrag im Tagebuch dieses eingebildeten Kranken. Er teilt die Leidenschaft Abertausender Gleichgesinnter, die sich an Gesundheitsratgebern gütlich tun und Medizingeschichten aller Art verschlingen. Freilich ist Hypochondrie eine aufreibende Angelegenheit, denn wer glaubhaft leiden möchte, sollte den richtigen Trend nicht verpassen. Mit Hysterie oder Fallsucht wie vor hundert Jahren lockt man heute keinen mehr hinter dem Ofen hervor.

Mit Hilfe dieses Tagebuchs erfahren wir, wie wir unter der Masse eingebildeter Kranker hervorstechen und selbst zum Trendsetter werden können. Hier erhalten wir die schauerlichsten Anregungen, wie man sich die absonderlichsten Krankheiten anlacht und die heißesten Therapien über sich ergehen lässt und dennoch kerngesund bleibt.

Matthias Mala wurde 1950 in München geboren, wo er nach einer Ausbildung zum Handelsfachwirt heute als Schriftsteller, Zeichner und Spieleerfinder lebt.

Die Klonin

Gwyneth J. Payne führt allein eines der größten weltweiten IT-Unternehmen, das sie Anfang der 80er Jahre des vergangenen Jahrhunderts gemeinsam mit ihrem inzwischen verstorbenen, unehelichen Sohn, der aus einer kurzen, aber heftigen Liaison mit einem amerikanischen Telekommunikationsmilliardär entsprang, gegründet hatte. Der frühe Tod des geliebten Kindes und die Unfähigkeit zu einer neuen Beziehung haben die inzwischen 70-jährige Geschäftsfrau zu einem hartherzigen Menschen werden lassen. Am Anfang der Entwicklung der Gentechnologie hatte sie Hunderte von Millionen Dollar investiert und daher als Erste im Jahr 2008 die Möglichkeit erhalten, eine komplette Kopie aus ihrer DNS, d.h. eine Klonin, zu entwickeln.

Gwyneth J. Payne nutzt ihre Klonin bereits seit vier Jahren als menschliches Ersatzteillager und kann bereits auf die erfolgreiche Transplantation einer Niere und eines Lungenflügels aus der Klonin zurückblicken. Sie ist fest entschlossen, mindestens 125 Jahre alt zu werden und hat sichergestellt, dass sie keinerlei emotionale Regungen für ihre Kopie entwickeln wird. Beim Besuch der von ihr unterhaltenen Laboratorien gerät sie durch einen Fehler des Managements in jenen Teil des Werkes, in dem ihre Klonin wie auf einer Intensivstation am Leben erhalten wird. Einem plötzlichen Anflug von Neugier folgend entscheidet sie, sich selbst zu besuchen …

Peter Schwenkow, 47, Vorsitzender der Deutschen Entertainment AG (DEAG), lebt in Berlin. Zu seinem Entertainment-Imperium gehört auch der Edel-Nachtclub »Adagio«.

Piff, paff

© Regina Kramer

»Heul nie einem Kerl hinterher. Schick ihn in die Wüste, knall ihn ab. Piff, paff, fertig ist das Problem!« Sagt die Barkeeperin. Aber die Frau an der Bar, Lena Buddenbrock, weiß, dass das nicht stimmt. Sie hatte sich verliebt, in Bruno, unglücklich, wie immer. Und deshalb hatte sie sich nach einem Krach einen Revolver besorgt und Bruno erschossen.

Der Mord wurde nie aufgeklärt, Lena geriet nie in Verdacht. Dennoch fühlt sie sich verfolgt. Der Strafzettel wegen Parkens im Halteverbot in jener Straße, an jenem Tag, als sie Bruno in der anderen Stadt erschoss – gehört das schon zur Fahndung? Und ist es wirklich bloß Zufall, dass sie diesem biederen Herrn Kessler dauernd überall begegnet? Lena Buddenbrock fängt an, Kessler zu mögen. Der kann gut zuhören und gute Fragen stellen. Das ist sein Beruf. Kessler ist Kommissar. Aber das verheimlicht er lieber. Frauen mögen keine Polizisten. Aber Kessler möchte gemocht werden, vor allem von Lena.

»Piff, paff« ist eine Geschichte, in der es nur in zweiter Linie (Pardon, Bruno) um einen Mord geht und in erster Linie um die Unmöglichkeit zu lieben, ohne sich zu bekennen.

Regina Kramer, Autorin und Journalistin in Berlin.

Wein – das ist unser Bier!
16 Reporter berichten

Deutscher Wein ist etwas für Kegelclubs auf Moselfahrt. Deutscher Wein ist für Connaisseure, die beim Riesling gern das letzte Pfeffertönchen aufspüren. Deutscher Wein ist für den Traum der Blondinen, einmal im Leben eine Königin zu sein – und sei es die Weinkönigin von Bacharach. Es ist ein Elend. Was wird dem hiesigen Wein nicht alles angetan! Verkitscht wird er mit Rebgirlanden und erwürgt vom Fachchinesisch der runden Tannine und des langen Abgangs.

Das hat er nicht verdient. Denn weltweit ertönt das Lob, nie seien Weißburgunder und Trollinger so gut gewesen wie heute. Technisches Know-how und eine neue Generation von Winzern haben dies bewirkt. Nun werden die feinen Tropfen zwischen Ahr und Bodensee erstmals angemessen behandelt. 16 der besten Journalisten – darunter neun Kisch-Preisträger – beschreiben Wahnsinn und Wonne des deutschen Weines, in Reportagen und Interviews.

Eine Auslese:

Barbara Supp – Terror der Gemütlichkeit: Ein Besuch in der Rüdesheimer Drosselgasse.

Alexander Osang – Snobs: Wer kauft sich schon eine Beerenauslese für 4000 Mark?

Walter Saller – Illegale: Ausländische Schwarzarbeiter schinden sich im Weinberg den Buckel krumm.

Simone Kosog – Star von der Saar: Der Winzer Egon Müller ist in Japan bekannter als der Kanzler.

Alexander Smoltczyk – Laborbericht: Wie der fiese Korkgeschmack wissenschaftlich erforscht wird.

So kompetent wurde deutscher Wein noch nie eingeschenkt.

Norbert Thomma, 49, lebt als Journalist mit einer Frau und zwei Weinkellern in Berlin.

Die Geometrie der Wahrheit

Ein Mann erkennt die Notwendigkeit einer friedlichen, aber umfassenden Weltrevolution. Er scheitert und zieht sich verbittert als Einsiedler zurück.

Unsere Geschichte beginnt in den 60er Jahren. Grothendieck, als Kind russischer Einwanderer in Berlin geboren, geflohen nach Paris, nachdem sein Vater im KZ ermordet wurde, ist Mitte 30 und ein viel bewunderter Mathematiker. Dutzende ebenso eleganter wie origineller Beweise auf dem weit verzweigten Gebiet der algebraischen Geometrie sind ihm in kürzester Zeit gelungen. Beweise, die sogar seinen Kollegen – späteren Nobelpreisträgern – das Attribut »genial« abringen. Doch Grothendieck, dem 1966 mit der Fields-Medaille selbst die höchsten mathematischen Weihen zuteil werden, macht auf dem Höhepunkt seiner Karriere eine grausame Entdeckung: Die Zahlen sind reaktionär, die Mathematik ist imperialistisches Machwerk. Er schwört seiner Profession ab und streift in Mönchskutte durch die Straßen von Paris, um Schüler und Kollegen für den totalen Pazifismus zu mobilisieren. Freilich vergebens. Anfang der 80er Jahre zieht sich Grothendieck nach Südfrankreich zurück, um kurz darauf gänzlich zu verschwinden. Angeblich hält er sich heute in den Pyrenäen auf, aber weder seine Frau noch seine Kinder wissen Genaues. Allein die letzte Nachricht an seine Freunde ist überliefert: »Lasst mich zufrieden!«

Die Lebensgeschichte des französischen Mathematikers Alexandre Grothendieck in Romanform – eine unterhaltsame und lehrreiche Suche nach einem Mann, der zu viel wusste.

Lars Reichardt, 37, Redakteur beim »SZ-Magazin«, lebt mit Frau und zwei Kindern in München.

100 unbeschriebene Blätter
© Marion Kalmer

Ist Ihnen schon einmal bewusst geworden, dass die meisten Bücher, die in Buchhandlungen angepriesen werden, trotz schönster Hochglanzumschläge, farbiger Bilder und plastischer Goldschriften nach dem Kauf zwar unglaubliche geistige Bereicherung bieten, bei genauerer Prüfung im Alltag aber zu nichts zu gebrauchen sind? Ist Ihnen schon einmal aufgefallen, dass eine große Anzahl dieser erstandenen Schriftstücke in kleinen, privaten Rückzugsräumen landen, die gemeinhin Toiletten genannt werden? Haben Sie sich schon einmal gefragt, was mit diesen Büchern an diesen Orten geschehen könnte? Oder ob all diesen Büchern ein derart trauriges Ende gebührt?

Nein? Sie haben selbst ...?

Haben Sie sich noch nie ein Sachbuch gewünscht, das Sie unbeschadet und ohne schlechtes Gewissen an Ihrem Lieblingsort ungelesen liegen lassen könnten? Haben Sie sich noch nie vorgestellt, dass Sie mit einem kleinen weißen Büchlein mit 100 unbeschriebenen dreilagigen Blättchen an Ihrem Lieblingsort sitzen, es genüsslich durchblättern, sich für ein Blatt mit rosa Wölkchen entscheiden und das Buch Stück für Stück aufbrauchen, vielleicht auf einem Spaziergang durch den Wald mit sich führen und von einem seltenen Gefühl von Sicherheit und Zufriedenheit allein durch dessen Anwesenheit erfüllt werden?

Marion Kalmer, 28, ist Architektin und Projektleiterin bei Allmann Sattler Wappner, München.

Feelings

Ein 16-jähriger Junge wird von einer großen Telefongesellschaft dazu überredet, sich einen Chip einpflanzen zu lassen, der es anderen Menschen möglich macht, an seinen Gefühlen teilzuhaben. Über einen speziellen Empfänger, der auch als Extrafunktion im Handy zur Verfügung steht, kann man sich nun zu jeder Zeit in die Psyche des Jungen »einloggen«. Seine Identität bleibt für die Öffentlichkeit im Verborgenen.

Innerhalb kürzester Zeit wird das »Spiel« auf dem Markt sehr erfolgreich. Die Menschen sind geradezu süchtig danach, sich immer wieder an die Gefühle des geheimnisvollen Unbekannten anzudocken.

Die Konsequenzen des Experiments werden dem Jungen erst richtig bewusst, als er sich verliebt. Ausgerechnet in ein Mädchen, das selbst seit langem Fan des ungewöhnlichen Telefonservices ist ...

Benjamin Lebert, geboren 1982 in Freiburg/Breisgau, lebt als Autor in Berlin. 1999 wurde sein erstes Buch »Crazy« veröffentlicht und ein Jahr später verfilmt.

»Meine Suppe ess ich nicht ...«

Und wieder ein Erziehungsratgeber? Diesmal ein ganz anderer: Hier erzählt eine Psychologin von den selbst erlebten Höhen und Tiefen des Elterndaseins. Vom täglichen Wahnsinn zu Hause: Wutanfälle, weil es Nudeln und nicht Reis gibt; hartnäckige Weigerungen, seine Sachen aufzuräumen; Schreiarien, wenn Ruhe geboten ist, und andere kleine und große Katastrophen. Niemand, der es nicht selbst erlebt hat, kann nachfühlen, dass unsere Kinder uns immer wieder an unsere Grenzen führen, hinter denen nur noch Hilflosigkeit und Überforderung warten.

In diesem Buch berichtet die Autorin anekdotenhaft und humorvoll über die kritischen Erfahrungen mit ihren eigenen Kindern. Im Anschluss an die jeweils dargestellte Szene werden die Bedingungen analysiert, die dazu geführt haben, und Tricks verraten, die es Eltern ermöglichen, besser mit der Situation umzugehen. Damit am Ende sowohl die Kinder als auch die Erziehenden davon profitieren. Ein Buch für die Praxis.

Dr. Inez Freund-Braier, geboren 1966, ist Diplompsychologin und seit acht Jahren an den Universitäten Marburg und Köln tätig. Sie hat langjährige psychotherapeutische Erfahrung mit Kindern.

Gespräche mit Idioten

Ich leide unter Dokumentationswahn. Seit Jahren tape ich Gespräche und habe mir so ein hübsches kleines Archiv eingerichtet. Gespräche mit Ex-Freunden, mit Ex-Freundinnen, mit Liebhabern und Nebenbuhlerinnen. Als hätten sie es geahnt, tun sie mir den Gefallen und blamieren sich total, sagen die allerdümmsten Dinge und sind unfassbar blöd. Diese Tapes habe ich in jahrelanger Arbeit abgetippt. Um dem Leser das Vergnügen zu erleichtern, gibt es zu allen Gesprächsteilnehmern eine kurze Biografie mit Foto.

Wäis Kiani, geboren 1968 in Offenbach/Main, ist Journalistin und Stylistin sowie Herausgeberin der fiktiven Style-Bibel »Die neue Wäis«. Sie lebt und arbeitet in München.

»Eve«

Franziska Bley, 35, schreibt seit fünf Jahren als freie Autorin für das erfolgreiche Frauenmagazin »Eve« in München. Hier hat sie ihr Volontariat gemacht, bevor sie als Jungredakteurin zur Hamburger Konkurrenz wechselte. Dann vor ein paar Tagen der Anruf von Bella Überlingen (Chefredakteurin von »Eve«) – einer originellen, sehr scharfzüngigen und amüsanten Frau, die sich seit Franziskas Volontariat zu ihrer Mäzenin entwickelt hat. Eine ungewöhnlich lässige berufliche Freundschaft – Witz und Respekt sind die Klebemittel.

Das Angebot: ein Jahr Stellvertreterin und dann Chefredakteurin von »Eve« (Bella will nämlich ins Filmgeschäft, die Verrückte!). Franziska ergreift die Chance ihres Lebens: einen geliebten Job und das Privatleben harmonisch miteinander zu verbinden. Das heißt aber auch mit Karin zurechtzukommen, die seit zehn Jahren das Beauty-Ressort macht. Perfekt, aber mit kleinen Empfindlichkeiten, die sich durch eine schrille Kopfstimme und Zickigkeit äußern. Ihre Noblesse: ein Gatte, der als VIP-Architekt gehandelt wird. Leider wird er später fremdgehen. Unter Aufsicht angesagter Klatschblätter.

Das ergibt Konflikte, unter denen auch die »Eve«-Redaktion zu leiden hat. Ein verlässlicher Spaßfaktor hingegen ist Anna, die begabt, aber chaotisch ihren Modeproduktionen nachkommt. Ihre kurvenreiche Figur, ihr eigenwilliges Styling und ihre heisere Stimme kennt man von Paris, Mailand bis New York – und in Ste. Maxime an der Côte d'Azur; da lebt ein geheim gehaltener Liebhaber …

Eine Soapopera, die den Alltag einer Frauenzeitschrift widerspiegelt – in einer schnellen, warmherzigen, verrückten Atmosphäre, wo eigentlich viel Wert darauf gelegt wird, dass es nicht so heftig menschelt.

Renate Rosenthal ist Chefredakteurin der deutschen »Elle«.

Paarungen – Zeugen der Wissenschaft

Was ist Leben? Wer einen Wissenschaftler fragt, erwartet eine Antwort, die vor allem von Genen handelt. Doch wer den Physiker fragt, der sich als Erster ernsthaft mit der Frage beschäftigt hat, wird hören, wie er von seiner Sexualität und der Liebe zu Frauen erzählt.

Das Buch schildert das Abenteuer der Wissenschaft aus persönlicher Perspektive. Ein Nobelpreisträger entdeckt in den wilden zwanziger Jahren das wunderbare Schwingen nicht nur in Atomen, sondern auch in den Beziehungen zwischen Mann und Frau. Auf dem Höhepunkt seiner wissenschaftlichen Karriere zeugt er ein uneheliches Kind. Ein junger Mann, der im Nachkriegsdeutschland den Stab des Nobelpreisträgers übernehmen möchte, sucht nach der Struktur der Gene. Als in einem Film die Nacktszene fehlt, auf die er gewartet hatte, träumt er die ganze Nacht. Am Morgen liefert er uns die berühmte Doppelhelix, in der sich Moleküle und größere Strukturen intensiv paaren und umarmen. Das ist Leben – von Anfang an, gerade auch in der Wissenschaft.

Dr. Ernst Peter Fischer, 54, Professor für Wissenschaftsgeschichte an der Universität Konstanz, Autor zahlreicher Publikationen.

Galopp im Nebel

Laura ist 28 und passionierte Rennreiterin. Ihr Herz gehört den Vollblutpferden. In den Trainingsställen herrscht ein raues Klima. Äußerlich hat sich Laura gut an die herben Umgangsformen angepasst, aber ihr Inneres bleibt versteckt und unberührt. Sie ist voller Träume, voller hoch gesteckter Ziele. Und sie ist eine einsame Streiterin. Getrieben von der Suche nach den besten Trainern, den besten Pferden, den großen Erfolgen, in ständigem Kampf gegen die Vorurteile der Männer, steht sie endlich kurz vor dem ganz großen Erfolg.

Da trifft sie die Diagnose einer unheilbaren Augenkrankheit, die zur Erblindung führt. Ihre Laufbahn scheint beendet – aber Laura wehrt sich mit allen Mitteln gegen das Schicksal, stürzt sich auf neue, riskante Heilmethoden, will sich nicht abfinden mit einer Zukunft in Dunkelheit . Sie ist sogar bereit, sich einem Experiment mit Mikrochips zu unterziehen – als sie ihrer großen Liebe begegnet. Und beginnt, das Leben tatsächlich mit neuen Augen zu sehen ...

Jutta Besser, passionierte Dressur- und Springreiterin, Grafikerin und Autorin. Bisher erschienen: »Das englische Vollblut, die vielseitigste Pferderasse der Welt«.

Manifest der Verantwortung

Es ist höchste Zeit. Umweltkatastrophen, Armutsflucht, Energiekrisen, Verödung ganzer Landstriche, Demokratieverdrossenheit, ökonomische Verteilungskämpfe, Seuchen, medizinisch-ethische Horrorszenarien – all das lässt sich mit kleinen Kurskorrekturen nicht mehr in den Griff kriegen. Ein nur auf Gewinnmaximierung ausgerichtetes wirtschaftliches Handeln, Erbe der Ideologie des Wachstums, beraubt die Menschheit offensichtlich ihrer Zukunft. Auch die Massendemokratie, beispielhaft an den letzten Wahlen in den USA zu erkennen, hat ihre Grenzen überschritten. Die supranationalen Staatengebilde, die dem Nationalstaat nachfolgen werden, sind mit heutigen demokratischen Mitteln nicht mehr beherrschbar.

Wir benötigen dringender denn je eine neue Theorie der Verantwortung. Wie diese aussieht und welche konkreten Schritte sich daraus ableiten, erfährt der Leser auf knappem Raum in allgemein verständlichen Formulierungen. Ein Text, der nicht nur die Richtung vorgibt, in die es gehen muss, sondern konkrete Handlungsanleitung bietet. Ein soziologisches, politisches, ökonomisches und philosophisches Manifest. Es wird in seiner Wirkung dem »Kommunistischen Manifest« von Karl Marx und Friedrich Engels ebenbürtig sein.

Alexander Krafka, 28, Notarassessor in München, Autor rechtswissenschaftlicher Abhandlungen.

Flaschen
© Claudia Thesenfitz

Eine laue, sternenklare Sommernacht. Nach einer ihrer Kneipentouren fährt Nina Bertrand in ihrem alten Benz raus aufs Land. Hierher hat sie sich nach einer gescheiterten Beziehung und einem geschmissenen Job verkrochen, um ein bisschen zu schreiben. Die letzte Flasche Bier trinkt sie während der Fahrt und wirft sie durch ihr offenes Sonnendach auf irgendein Feld. (»Ich öffne mein Schiebedach und schmeiße sie raus, Richtung Wiese. Stehn ja gerade keine Kühe drauf. Ich will sie nicht im Auto haben. Die stinkt nur oder rollt auf dem Boden herum ...«) Als sie am nächsten Morgen beim Portugiesen ihren Kaffee schlürft, schlägt sie die Zeitung auf: Eine reiche Elbchausseelerin ist tot auf einem Feld gefunden worden, mit einer Flasche erschlagen. Vermutlich Raubmord. Die Polizei ermittelt.

Für Nina beginnt ein Rennen gegen die Zeit, das sie komplett aus ihrer trägen Künstlerexistenz reißt und in die Rolle einer Privatdetektivin zwingt. Ihre Ermittlungen verwickeln sie nicht nur in diverse Amouren, sondern führen sie auch in die Hamburger Schickeria, die Highsociety-Homosexuellen-Szene und schließlich sogar in die Antarktis, wo ein Wettlauf auf Leben und Tod beginnt ...

Ein »hard boiled« Krimi in bester Tradition von Hammett, Chandler und Highsmith. Ein bisschen Weisheit im Stil von Paulo Coelho, ein bisschen Abenteuer im Stil von Jack London und ein bisschen Märchen im Stil von Antoine de Saint-Exupéry.

Claudia Thesenfitz, 33, arbeitete als Redakteurin für verschiedene Magazine und lebt heute als freie Journalistin und Autorin in Hamburg.

Das schreckliche Mädchen

Sie war nicht hübsch, aber hässlich war sie auch nicht, ganz bestimmt nicht. Weit hinten im Wald, wo man eine grobe Sprache spricht, war sie geboren. Tochter eines Schneiders, zehn Geschwister, Dienstmagd, nach einem Unfall erblindet und gelähmt.

Es war der 5. März 1926, ein Freitag. Das Mädchen Therese in der armseligen Hütte lag krank im Bett, als sich ein Fluss aus Blut erhob. Aus Augen, aus dem Herzen und aus Händen. Der Fluss durchtränkte Gewand und Tuch, setzte Zeichen am Kopf. Und fortan konnte sie sehen, viel tiefer als andere; konnte dahinschreiten, weit gewaltiger als andere. Denn fortan begann das Mädchen Therese zu schweben. Fortan erlebte sie die Leidensgeschichte Jesu Christi in der aramäischen Sprache des Herrn. Und fortan nahm das Mädchen Therese keinen Krümel Essen mehr zu sich, nicht sieben Tage, nicht vierzig Tage, sondern bis zu ihrem Ende, 36 Jahre lang.

War sie krank? War sie verrückt? Menschen kamen, Politiker und Soldaten, zu rätseln und sich Rat zu holen. »Long line of praying pilgrims«, trompetete die »Herald Tribune«, zögen betend am Bett des Mädchens vorbei. 14 Tage lang wachten über Therese die Nonnen des Bischofs, um zu prüfen, ob alles wahrhaftig sei. Ärzte und Journalisten versprachen, den Schwindel zu entlarven. Einige verließen den Ort wie umgedreht, hellwach, organisierten den Widerstand gegen die Nazis.

Die Geschichte der Resl von Konnersreuth.

Peter Seewald, 46, Autor in München, Herausgeber zweier Dialogbücher mit Kardinal Ratzinger (»Salz der Erde«, »Gott und die Welt«).

Wenigstens nicht katholisch

Nimm das Besteck richtig in die Hand! Kannst du immer noch nicht ordentlich essen? Das Geschrei ihres Vaters hallt durchs ganze Haus. Eva ist 23 und hat jetzt endgültig genug von den elterlichen Erziehungsbemühungen. Gabel zum Mund oder Mund zur Gabel, das sollen nicht mehr ihre Probleme sein.

Sie zerknüllt die gebügelte Stoffserviette, verlässt türenschlagend das Haus und stellt sich an die nächste Bundesstraße. Ein schlecht rasierter Kerl in einem VW-Bus hält an. Er will nach Norwegen. Da sie ihn für ausreichend alternativ hält, um sie ein Stück in Richtung Freiheit mitzunehmen, steigt sie ein. Aber statt erhoffter Anekdoten über das Leben on the road und Geschichten über verbotene Abenteuer, scheint es für ihren Fahrer nur ein Thema zu geben: den Tod, an den er immer denken muss. Der Typ ist eindeutig ein bisschen durchgeknallt. Aber was soll's, ihre Eltern sind das ja auch. Er ist wenigstens freundlich und meckert nicht herum. Eva sieht die Gelegenheit, ein anderes Leben kennen zu lernen. Sie gibt sich spontan als Psychologin aus und fragt ihren Fahrer, ob sie ihn bei seiner Reise nach Norwegen therapeutisch begleiten darf.

Ein feinsinniger, ironischer Roman über die Therapeutisierung des Alltags.

Phillip Knobloch, 24, ist Student der Sonder- und Diplompädagogik.

Fidel Castro. Der Mann hinter der Havanna

Was wissen wir schon über Fidel Castro? Es sind wenige Versatzstücke, die sich zu dem Bild eines bärtigen Mannes zusammenfügen, der eine Fantasieuniform trägt und gelegentlich westlichen Politikern eine Havanna anzündet: Letzter kommunistischer Machthaber in der westlichen Welt, ausschweifender Redner, Freund von Gabriel García Marquez, Vater eines Fotomodells – sehr viel mehr war über sein Leben bisher nicht bekannt. Mit diesem Buch ändert sich das. Wir erfahren, wie es in einem aussieht, der sich seit über vierzig Jahren oben hält. Der es geschafft hat, weder von der eigenen Revolution noch von dem großen Feind USA aufgefressen zu werden.

Dies ist kein Auftragsbuch. Fidel Castro, der Diktator, eignet sich nicht für eine Heiligenvita. Es ist auch keine der üblichen journalistisch recherchierten Biografien, die, nur um den Schein zu wahren, einige kritische Fragen aufwerfen, die letztlich nicht beantwortet werden. Das erste Mal blicken wir hinter die in Selbstinszenierung erstarrte Maske. Es ist die lange überfällige Auseinandersetzung mit einem Mann, den man nicht nur verehren oder verteufeln kann. Wo der Text unzulänglich bleiben muss, helfen die Bilder weiter. Auf den Fotografien ist zu sehen, wie Fidel Castro aussieht, wenn er einmal nicht Uniform trägt.

Herlinde Koelbl, München, Fotografin und Autorin mehrerer Bücher, u. a. »Jüdische Porträts« und »Spuren der Macht«. Ihr aktuelles Projekt: ein 90-Minuten-Film mit begleitendem Buch über Macht und Ohnmacht der Medien.

Games
© Rainer Erlinger

»Der Mensch ist nur da ganz Mensch, wo er spielt.« Was hat Schiller damit gemeint? Wer behauptet, spielen sei entspannend, messe beim Endspiel der Fußballweltmeisterschaft den nationalen Blutdruck. Wer sagt, es gehe um nichts, muss an die Kasse einer Spielbank oder mal aus Jux einen Stein vom Spielbrett nehmen! Nichts wird so ernst betrieben und trotzdem so gerne. Warum entspannt sich ein Kaufmann abends als Siedler beim Tauschhandel? Was hat Menuhins Geigenspiel mit dem spielenden Kind oder der Katze gemeinsam? Wie kann die Spieltheorie die Weltwirtschaft erklären? Ist spielen Segen oder Unheil?

Das Spiel beschäftigt alle, von Anthropologen bis Zoologen, Philosophen, Philologen, Pädagogen. Lassen sich ihre Ergebnisse unter einen Hut bringen? Gibt es ein Spiel-Gen, eine Grand Unifying Theory des Spiels oder einfach nur einen Begriff für ganz verschiedene Dinge? Das Zusammenspiel all dieser Facetten ist spannender als jedes Quiz.

Rainer Erlinger, geboren 1965 in Deggendorf, hat Medizin und Rechtswissenschaften studiert und arbeitet seit 1999 als Rechtsanwalt in München.

Karma. Die Tat

Anna lebt mit ihrem Vater und ihrer Stiefmutter auf einer idyllischen Anhöhe in der fränkischen Provinz. Die meiste Zeit ist sie mit sich allein. Als sie elf wird, ändert sich ihr Leben – Thomas zieht mit seinem behinderten Zwillingsbruder Benjamin und seinen Eltern in das leer stehende Haus unterhalb ihres Anwesens. Aus anfänglicher Skepsis und Abneigung baut sich im Laufe der Zeit eine tiefe Freundschaft zwischen den beiden auf. Als Thomas an Annas achtzehntem Geburtstag auf mysteriöse Weise ums Leben kommt, flieht sie von zu Hause in die Großstadt und beginnt ein neues Leben.

Äußerlich ist alles in Ordnung. Sie heiratet und bekommt zwei Kinder. Doch hinter der bürgerlichen Fassade sieht es anders aus. Anna wird von Panikattacken überfallen. Oft geht es ihr so schlecht, dass sie ihr Leben kaum mehr aufrechterhalten kann. Sie entschließt sich zu einer Reise. Es wird eine Reise in ihr Innerstes. Unterwegs trifft sie einen Mann, der die entscheidenden Schritte mit ihr geht.

Ein Krimi und das Psychogramm einer Frau, die erkennt, dass die Toten unmittelbaren Einfluss auf das Schicksal der Lebenden haben.

Anke Simet ist 30 Jahre alt. Sie lebt mit ihrem Mann und ihren Kindern in der Nähe von München und macht gerade eine Ausbildung zur Psychokinesiologin.

Living Underground
© Nicolas E. Ryhiner

Die Figuren des Dramas sind: a) Andras Tamas, der am Ende des letzten Jahrtausends nach 56 Jahren aus sowjetisch-russischer Kriegsgefangenschaft vom Zweiten Weltkrieg heimkehrt; b) Berta, besorgniserregte Mutter von c) Gwen, einem 17-jährigen Topmodel aus der heilen Heimat Schweiz; ferner d) George Dawson, 102-jähriger schwarzer Autor aus den Südstaaten, der seine Autobiografie »Life is so good« im Alter von 100 Jahren niederschrieb, nachdem er erst mit 98 lesen und schreiben gelernt hatte; e) Telek, die Inkarnation eines hohen tibetischen Lamas als siebenjähriger Bengel und f) Trupchen Tönda, sein Erzieher und Meister.

Als geladene Gäste sind sie Passagiere des Atom-U-Bootes »Global Challenger«, das, von den Vereinten Nationen zur zivilen Nutzung umgerüstet, symbolisch für friedliche Missionen eingesetzt wird. Die Reise wird zum Desaster. Die »Global Challenger« läuft in der Tiefe des Meeres auf Grund und droht zum stählernen Sarg für Gäste und Besatzung zu werden. Rettung? Kaum wahrscheinlich.

»Immer näher rollt jetztwärts die Sinnflut heran, das empfindungsnahe Leibgefühl der Schreiblust schwappt allmählich auf den Autor über. In Form fasst sich eine Sprache, die traumartig die Gleichzeitigkeit aller Geschehnisse in Betracht zieht.

Die Einigkeit findet jetzt statt, nicht früher und nicht später.«

Nicolas E. Ryhiner, geboren 1953 in Basel, ist Autor und Regisseur für Theater, Fernsehen, Film, außerdem Therapeut. Er lehrt am Institut für Körperzentrierte Psychotherapie IKP in Zürich.

Das Ende der Angst

Es scheint, als sei der Bandscheibenvorfall geradezu in Mode gekommen. Und damit die irrationale Angst, nun »ein Leben lang« keinen Sport mehr treiben zu können, für immer labil zu bleiben, den Rücken quasi niemals mehr anständig belasten zu dürfen.

Dabei ist der Bandscheibenvorfall letztlich genauso effektiv zu kurieren wie eine Grippe. Sagt Dr. Johannes Heilmann. Und genau da setzt auch sein Buch an.

Der Orthopäde sammelt seit mehr als zwölf Jahren Erfahrungen in seiner Praxis – und sein Ruf als »Rückenarzt mit den heilenden Händen« gibt ihm Recht: Der Einfluss der Suggestion des Arztes auf das Patientenverhalten kann nicht hoch genug eingeschätzt werden.

Sein Ratgeber erläutert an konkreten Beispielen verschiedene Heilungsverläufe von Patienten, enthält aber auch Tipps für Menschen, die aus reiner Angst seit Jahren jeden Arztbesuch vermeiden.

Ein Buch, das dabei hilft, sich helfen zu lassen.

Dr. med. Johannes Heilmann, 49, Autor von »Der Rücken stark und gesund«, lebt und arbeitet in München.

Deadline
© Ingolf Gillmann

Die Angst des Tormanns beim Elfmeter ist, verglichen mit der Angst des Autors vor dem weißen Blatt, ein Zuckerschlecken, doch keine Panik: Phrasen wie »ist ein Zuckerschlecken« wird der Leser in »Deadline« nicht finden, dafür einen erdrosselten Riesenschnauzer, eine männliche Leiche und eine weibliche.

Bernhard Thomas ist der Mörder. Damit ist nicht zu viel verraten, denn das erfährt der Leser auf Seite 21. Warum ausgerechnet auf Seite 21? Die 21 ist ein versteckter Hinweis auf den 21. Mai 1971. An diesem Tag stand Bernhard Thomas im Tor der Fußballmannschaft des Krefelder Fichte-Gymnasiums, es ging um die Niederrhein-Meisterschaft, aus der aber nichts wurde, weil Thomas beim Elfmeterschießen versagte.

Jedenfalls kennt Bernhard Thomas die Angst des Tormanns und des Autors wie kein zweiter Mittvierziger: Früher konnte er keinen Ball beim Elfmeter halten, heute für seine Texte keinen Abgabetermin, die so genannte Deadline. Als alle Ausreden wie Bandscheibenvorfall, Muschelvergiftung oder Computerabsturz seine Auftraggeber nur noch anöden, denkt er: Selbst ein Polizeireporter empfindet Mitleid, wenn der Autor vor Trauer nicht schreiben kann. Also tötet Bernhard Thomas. Zuerst seinen Hund Richards ...

Ingolf Gillmann, 45, Werbetexter und Kolumnist in Hamburg, Vater von drei Töchtern. (Und solange ihm niemand sagen kann, ob ein Hotelportier bei Anreise oder Abreise Trinkgeld bekommt, gehen die Herren leider leer aus.)

Tochter Menorca

Da stand sie nun. Die gleichen Augen, blonde Haare, ein Lächeln auf den Lippen, das er sehr gut kannte. Auf diesen Moment hatte er sich 15 Jahre lang vorbereitet. Und trotzdem trifft es ihn völlig unvorbereitet, als sie vor ihm steht und sagt: *»Hallo, wenn du Frank bist, bin ich deine Tochter.«*

Frank, Anfang 40, erfolgreicher Musikmanager, wird unvermittelt mit seiner ungewollten Vaterschaft konfrontiert. Folge einer vor Jahren abrupt beendeten Beziehung mit seiner spanischen Freundin. Frank lässt sich auf die neue Situation ein und hat mehr als eine überraschende Erkenntnis über sich, über Deutsche in Spanien und über sein bisher anstrengendes Leben.

Der Roman erzählt, was Männer denken, die Väter wider Willen werden, und wie unmöglich es ist, sich auf etwas Unvermeidbares vorzubereiten.

Volkmar Strüßmann, Jahrgang 1961, ist Jurist und Schauspieler und war lange für den NDR als Produktionsleiter tätig. Heute leitet er eine Marketingfirma in Hamburg.

Hackes Großer Erziehungsberater

Jahrzehntelang sträubte sich Axel Hacke, Verfasser des legendären »Kleinen Erziehungsberaters«, ein pädagogisches Lehrwerk zu schreiben. Erst auf Drängen seiner diversen Frauen und der vielen, mittlerweile erwachsenen Kinder gab der heute Achtzigjährige seinen Widerstand auf.

Hier ist nun, 2036, fast ein halbes Jahrhundert nach dem Erscheinen jener bis heute erfolgreichen Familienfibel, »Hackes Großer Erziehungsberater«. Ein Werk, prall voll praktischer Ratschläge zu allen Themen, die Eltern bedrängen: Was tun, wenn mein Klon mich schlägt? Was tun, wenn meine elfjährige Tochter sich einem Marsianer hingibt? Keine Frage, auf die dieser Autor nicht eine Antwort wüsste. War der »Kleine Erziehungsberater« das witzig-ironische Offenbarungsbuch einer erzieherisch ratlosen Generation, so halten wir nun jenes ersehnte, ernsthafte Werk in Händen, das der Autor auf Grund seiner praktischen Erfahrung schrieb. Ein Buch voller Weisheit und Güte.

Axel Hacke, lebt als Schriftsteller und Journalist in München; von seinem Bestseller »Der kleine Erziehungsberater« wurden weltweit über eine Million Exemplare verkauft.

Für den Fressanfall mittendrin
und den kleinen Hunger zwischendurch
© Fabienne Pakleppa

Tagebuch von zwei Essgestörten, leckere Rezepte und Einkaufstipps inklusive. Sally Schokokeks und Stäbchen Lily, beide vernarbte Einzelkämpferinnen, erobern die Küche ihrer Zweizimmerwohnung. Eine gastronomische Herausforderung für Vegetarier, Feinschmecker und Kalorienzähler aller Couleurs.

Vor Lesebeginn unbedingt besorgen: Prinzenrolle, Überraschungseier, Chips und Gummibärchen, Iglo-Tiefkühlrahmspinat, Zwiebeln, Knoblauch, Fischstäbchen, Lachs und Krabben, Speck, Rinderbraten, Basmati-Reis, einen Zweig mit sieben Cocktailtomaten, Blutorangen, drei Bananen, Sahne oder Creme fraîche, Vorrat an fettarmem Frischkäse, Salz und Pfeffer. Nicht vergessen: genug Alkohol, um nach Bedarf anderthalb Promille mühelos zu erreichen, oder sonstige Drogen zur Linderung des normalen Weltschmerzes.

Fabienne Pakleppa, gebürtige Schweizerin, erhielt ein Literaturstipendium der Stadt München. Sie schreibt Romane und Kurzgeschichten.

Maria im Puff
© Franz Josef Wagner

Ich bin ein kleiner Kommissar der Sitte in Berlin-Mitte. Wir machen eine Razzia, illegale Prostituierte aus Polen, Russland. Und da sehe ich sie, ihre Haut weißer als Milch. Und der Kommissar denkt: Sie zerbricht mein steinernes Herz in tausend Stücke und er bringt sie in seine kleine Wohnung. Er, der einsamste Polizist der Welt, versucht, aus der Nutte »Maria« zu machen. Aber Maria macht aus ihm einen Verbrecher.

Ich würde »Maria im Puff« in Ich-Form schreiben. In der Seele des Kommissars kenne ich mich aus. In der Seele Marias kenne ich mich nicht aus.

Ich habe keine Frau. Ich gehe jede Nacht in der Hoffnung aus, sie zu finden.

Ich weiß, warum der Kommissar weiß, dass sie es ist. Er hat ihr Fahndungsbild im Kopf. Ich würde sie sehr genau, extrem langsam beschreiben.

Maria in Zeitlupe. Ich denke, dass sie dunkles Haar hat. Oft dachte ich, dass sie blond sein müsste, weil ich an Engel dachte. Auf allen Heiligenbildern aber ist die Mutter Gottes dunkel. In ihrer Handtasche hat sie eine Schlange. Meine Maria spricht kaum, da sie Polin ist und ich auf Deutsch schreibe. Maria pudert ihr Gesicht. Wenn es weiß gepudert ist, färbt sie sich ihre Lippen in der Farbe des Blutes. Noch weiß ich nicht, wie lang ihre Fingernägel sind.

In manchen Nächten in der Paris-Bar, im Borchardt (nun sind wir wieder in meinem Leben) hat Maria Krallen. Aber ich weiß, dass dies unliterarisch ist, weil man nicht automatisch traurig ist, wenn es regnet.

Ich glaube, dass der Kommissar in der ersten Nacht nicht kann. Weil er sie anbetet. Er kniet vor ihr. Sie will ihm willfährig sein, indem sie ihren Slip herunterzieht. »Halt«, gebietet er ihr wie ein Verkehrspolizist. Er will das nicht sehen bei Licht. Er knipst den Lichtschalter aus und in diesem Moment ist er kein Beamter mehr. Und der Roman beginnt. Er wird nun Banken ausrauben, damit er ihr Pelzmäntel schenkt. Er wird töten. Er wird nie erfahren, wie Frauen denken. Am Ende erschießt man ihn, und sein Herz zerspringt in tausend Stücke.

Soll ich »Maria im Puff« schreiben? Würden Sie es kaufen und am Strand lesen. Würden Sie sich zwischen Ihre Beine greifen und das Unglaubliche erleben. Maria im Puff?

Franz Josef Wagner, 57, war Chefredakteur von »Bunte«, »Super-Zeitung« und »BZ«, hat bereits diverse Romane geschrieben und arbeitet jetzt als Chefkolumnist beim Springer-Verlag für »Welt am Sonntag« und »Bild«.

Der Glatzenmörder

Frank Beeskow liegt tot in seiner Wohnung. Drei Schüsse im kahlen Schädel. Ein Fememord? Kommissarin Eren Erbakan hat diesen Verdacht. Sie ist jung, schön, türkischer Herkunft und steht unter Erfolgsdruck. Dies ist ihr erster Fall in Berlin, und ihre Kollegen wären lieber unter sich geblieben, allein schon wegen der Blondinenwitze.

Die Ermittlungen im Neonazimilieu erhärten Erens Verdacht. Beeskow war Mitglied der Gruppe »Wolf und Adler« und hatte Kontakt zum Aussteigerprogramm des BND aufgenommen. Die Indizien gegen den Führer der Gruppe mehren sich, doch als Eren ihn verhaften will, findet sie auch ihn mit drei Schüssen im kahlen Schädel.

Die Theorie vom Fememord wackelt. Nach zwei weiteren Morden an Skinheads erscheint der Fall endgültig in einem anderen Licht. Rache gegen rechts? In der Öffentlichkeit und auch in Erens türkischer Familie kommt es zu heftigen Diskussionen. Immer mehr Leute bekennen sich zu ihrer »klammheimlichen Freude«, wenn der »Glatzenmörder« wieder einen Skin »hingerichtet« hat. Zumal alle Opfer zunächst Täter waren, die für brutale Verbrechen an Obdachlosen oder Ausländern mit lächerlich geringen Strafen davongekommen waren.

Kommissarin Erbakan muss sich eingestehen, dass auch bei ihr Gefühl und Vernunft nicht immer dieselbe Sprache sprechen. Aber vor allem ist sie eines: Profi.

Jens Johler, 1944 geboren, lebt in Berlin. Er schrieb Theaterstücke, Romane, Erzählungen. Im Herbst erscheint vom Autorenduo Johler & Burow der Wissenschaftsthriller »Gottes Gehirn«.

Nun, da unsere Zivilisation bald dem letzten Vertreter der köstlichen Spezies des Gentleman ein anonymes Grab schaufeln wird, in diesen Tagen, da sich Frauen auf der Suche nach dem echten Kavalier die Augen ruinieren, weil sie dazu die Lupe benutzen, ist es Zeit, einen Rettungsversuch zu starten und allen zur Hoffnung Anlass gebenden Männern das Geheimwissen eines der größten Gentlemen der Geschichte in die Hand zu legen. Nahezu in Vergessenheit geratene Kulturtechniken wie die Eleganz der Rede, die Selbststilisierung mit Ironie und das Erreichen einer unverkrampften Formvollendung werden hier ausgebreitet.

Dieses Buch lüftet den Schleier des Geheimnisses, das Männer wie George Bryan Brummell, genannt »Beau«, zu Ikonen männlichen Lebensstils werden ließ. Der klassische Gentleman ist kein Geck, kein eitler Emporkömmling oder Seidenschals häkelnder Softie, er verhält sich nicht neureich, prahlt nicht und hat das Motto »Die einzige Affektiertheit des wahren Gentleman ist der Verzicht auf Affektiertheit« verinnerlicht. Männer von heute, die sich unsicher in den Jagdgründen von Börse, Business, Busenfang bewegen, werden hier die Antworten auf alle Fragen finden von A wie »Anzug« bis Z wie »Zigarrenetui«.

Katja Mutschelknaus, 37, fiel auf dem Flohmarkt ein in Satinbänder gewickeltes Bündel in die Hände: »Beau« Brummells Briefe aus dem französischen Exil. Kurz danach verschanzte sie sich hinter ihrem Schreibtisch, um das kulturelle Erbe dieses Vorbilds aller nachgeborenen Gentlemen für die Nachwelt zu retten.

Der Tote im Park

Carla Ferrari arbeitet in der Lokalredaktion einer Münchner Tageszeitung. Ihre Themen sind keine Aufreger – sie schreibt Restaurantkritiken, auch mal eine Reportage über ein Weingut oder ein Porträt eines Sternekochs. Alles ändert sich an dem Tag, als Paul, ihr Freund, sie verlässt – ihr Leben gerät aus den Fugen, was allerdings nichts mit Paul zu tun hat. Beim morgendlichen Jogging findet sie einen Toten, den sie sofort als den Mann identifiziert, der seit Monaten im Park gegenüber ihrer Wohnung auf einer Bank übernachtet hat.

Carla fängt an zu recherchieren. Der Mann entsprach so gar nicht dem Bild eines typischen Stadtstreichers. Max, der Lokalchef und ihr väterlicher Freund, recherchiert gerade an einer Giftmüllgeschichte im Münchner Norden, in die ein bedeutendes Pharmaunternehmen und zwei bayerische Politgrößen verwickelt sind.

Carla erinnert sich, dass ein ehemaliger Schulkamerad als Ingenieur bei dem Pharmakonzern arbeitet, und nimmt Kontakt zu ihm auf, um für Max an einige Informationen heranzukommen. Dabei erfährt sie zufällig, dass der Ermordete einige Jahre zuvor bei ebendiesem Unternehmen beschäftigt war. Bald werden Zusammenhänge zwischen dem Mord und dem Giftmüllskandal klar.

Gabriele Redden ist Journalistin in München. Sie hat Germanistik und Geschichte studiert, war Lektorin und Textchefin bei »Männer Vogue«. Zwei weitere Kriminalromane mit Carla Ferrari sind bereits in Arbeit.

Das Twinset

»Hendlkönig« Friedrich Jahn plant kurz vor dem Ruhestand noch einmal eine groß angelegte Kampagne, um das Image seiner erfolgreichen Imbisskette »Wienerwald« aufzupolieren. Seine Pressekonferenzen in sämtlichen deutschen Metropolen organisieren Alexandra von Rehlingen und Andrea Schoeller, Inhaberinnen der frisch gegründeten gleichnamigen Agentur.

Denen gerät auf die Frankfurter Einladungsliste in ihrer Unerfahrenheit auch das Satiremagazin »Titanic«. Die Redaktion macht aus dem Thema gleich eine Acht-Seiten-Story – nicht gerade das, was sich der geneigte Kunde unter gelungener PR vorgestellt hatte.

Aber dadurch eine der Lieblingsanekdoten von Alexandra von Rehlingen: Eine Kopie des Artikels hängt bis heute über ihrem Schreibtisch.

Wie man mit einer Mischung aus Perfektionismus und Humor den alltäglichen Kampf gegen die kleinen Teufel im Detail gewinnt, was hinter den Kulissen der großen Events passiert und wie aus dem spontanen Plan zweier Freundinnen die erfolgreichste Public-Relations-Agentur Deutschlands wurde – davon handelt dieses Buch, das sich unterhaltsamer liest als manches Drehbuch.

Alexandra von Rehlingen und Andrea Schoeller betreuen heute neben vielen anderen Kunden Armani, Ferragamo, Feinkost Käfer, Vivienne Westwood, La Perla und IWC. Sie leben mit ihren Familien in Hamburg und München.

Der achte Tag der Schöpfung

Es ist – verglichen mit unseren Urahnen – ein unglaubliches Privileg, in einer Zeit leben zu dürfen, in der ich mein Leben selbst gestalten und erschaffen kann wie noch nie in der Geschichte. Generationen vor uns hatten Fantasien vom Schlaraffenland, das für die meisten Menschen in den Industrienationen nun Wirklichkeit wurde: Immer etwas im Kühlschrank, die Medizin lässt uns 100 werden und älter, wir fliegen um den Globus, ja bis zum Mond, telefonieren ohne Draht mit Menschen am anderen Ende der Welt. Das waren früher die Privilegien der Götter.

Was machen wir nun mit dieser Freiheit – in Zeiten von Dolly und der Entschlüsselung des menschlichen Genoms? Wie sieht dieser achte Tag der Schöpfung aus? Welche Chancen habe ich, mein Leben nach meinen Vorstellungen zu etwas ganz Unverwechselbarem zu machen? Die Werkzeuge dazu haben wir in der Hand.

Vielleicht bleiben uns ja nur wenige Jahrzehnte für das Privileg, als Menschen Schöpfer zu spielen. Denn stimmt »Moor's Law« auch in Zukunft – dass sich nämlich alle 18 Monate die Rechnergeschwindigkeit verdoppelt –, dann werden Computer und intelligente Systeme um das Jahr 2030 leistungsfähiger sein als das menschliche Gehirn. Danach müssen wir uns wohl oder übel auf eine »post-human Society« einstellen.

Christoph Santner, geboren 1961, Trainer und Erwachsenenbildner, schrieb zwei Bücher, war Dozent an der »Akademie für Innovation und Querdenken« und Mitglied in Roman Herzogs »Initiativkreis Zukunft«. Er lebt bei München.

Horn

Unsere Geschichte beginnt mit einer Büroparty auf einem Schiff im Hafen von Hongkong. Wir sehen einen Mann, der mit seinem Reichtum und seiner Potenz protzt. Er verteilt unter seinen Mitarbeitern ein graues Pulver. Auch er selbst nimmt eine Prise davon in seinem Tee ein ... Doch die Wirkung bleibt aus, trotz tatkräftiger Unterstützung der Huren an Bord.

Die nächste Szene spielt in Afrika, in Namibia: Wir werden Zeugen eines Massakers an Nashörnern. Die Jäger feuern von Hubschraubern aus mit Maschinengewehren blindlings in die Herde.

Dritte Szene: Lena Barrett kommt in Afrika an. Sie studiert afrikanische Geschichte und Kultur an der London University. In Namibia will sie ein Praktikum bei Professor Robins absolvieren, einem älteren Ethnologen. Der beeindruckende Mann hat sein Leben zwei Themen gewidmet: den magischen Kräften der Sangomas und der Rettung des Nashorns, dessen Horn zu Höchstpreisen auf dem Weltmarkt gedealt wird.

Via Mombasa wird die »Ware« nach Südostasien verschifft und dort an Interessenten verkauft, die viel Geld bezahlen für das vermeintliche Symbol für Reichtum und Männlichkeit. Oder sie wird gleich zu Puder zermahlen und als Aphrodisiakum auf den Markt geworfen – als eine Art Viagra-Ersatz.

Vor dem Hintergrund dieses gnadenlosen Kampfes entwickelt sich die Geschichte von Lena, die im Land ihrer Väter in einen Abgrund von Gewalt, Leidenschaft, Macht und Korruption blickt. Die aber auch etwas findet auf dem Schwarzen Kontinent – die große Liebe und einen Ort, an den sie für immer ihr Herz verliert.

Michael Stiebel, geboren 1956 in Salisbury/Rhodesien, jetzt Harare/Zimbabwe. Vielfach preisgekrönter Werbefilmer und Drehbuchautor.

Sprich nicht drüber!

Wir befinden uns im Zeitalter des Outings. Egal, ob es sich um sexuelle Gepflogenheiten, Drogenkonsum, moralische Werte handelt: Kein Mensch hält mit seiner persönlichen Einstellung zurück, als Prominenter in der Öffentlichkeit, als Privatperson im Bekanntenkreis.

Dabei gibt es aber plötzlich ganz andere, neue Tabus. Themen, über die man nicht spricht. Probleme, die jeder ableugnet. Die offenbar keiner hat. Die fast anrüchig sind. (Ansteckungsgefahr!)

Einsamkeit. Langeweile. Angst.

Hier ist ein Kultroman gefragt, in der Tradition von »Bonjour, Tristesse«, mit einer attraktiven Heldin, die zur Identifikation einlädt, weil sie cool und klug, witzig und selbstironisch ihre Situation analysiert und nicht nur herumjammert.

Oder eine Interviewsammlung berühmter Menschen, die deutlich machen, dass selbst Ricky Martin am Sonntag Nachmittag vor Langeweile sterben könnte. Und Julia Roberts sich manchmal so einsam fühlt ...

Vielleicht aber auch ein Sachbuch. Mit berühmten Beispielen, aber auch mit einer seriösen Recherche über gesellschaftliche Zwänge, die im gerade beginnenden Jahrtausend eine ganze Generation an dem Dilemma unausgesprochener Ängste scheitern lässt.

Ina Freisler, Jahrgang 1966, ist deutsche Pressechefin der französischen Luxusmarke Hermès. Sie lebt in München.

Plärr-Zerr-Geschwür

Die Geschichte handelt von Höllenwesen, den sogenannten »Ewig Hungrigen«, die die Erde von der Unterwelt aus lenken und durch ein junges Mädchen herausgefordert werden, welches lebend in die Hölle will, um dort zu leben bzw. um dort mit dem Hauch des Todes, der nur in der Hölle zu finden ist, den Höllenwesen die Macht abzunehmen. Die Höllenwesen fühlen sich in höchster Gefahr, weil das Mädchen einen Schlüssel in der Hand zu haben scheint, ihnen die Macht des Bösen zu nehmen und selber die Welt zu lenken oder die Macht den Menschen zurückzugeben.

Nur das jüngste und modernste Höllenwesen ist in der Lage, die neue Gefahr durch das Leben, durch das Mädchen, einzuschätzen: Plärr-Zerr-Geschwür, das intelligenteste, böseste und aberwitzigste Höllenwesen, das schon als Baby in die Hölle kam, da die eigene Mutter es gleich nach seiner Geburt dorthin brachte. Es ist so böse, dass selbst die Höllenwesen es fürchten und versuchen, es in Schach zu halten. Doch jetzt sind die Höllenwesen der alten Macht auf Plärr-Zerr-Geschwür angewiesen, weil sonst das Mädchen gewinnt. Sie lassen das neue Böse los und begeben sich damit selber in seine Hand.

Ein Kampf entbrennt in der Unterwelt und auf der Erde um Macht und Leben.

Bettina Röhl, geboren 1962, Journalistin u. a. für »Spiegel« und »Spiegel-TV«, jetzt vor allem Buchautorin: »Sag mir, wo du stehst. Die Tochter von Ulrike Meinhof und Klaus Reiner Röhl erzählt.« soll im Frühsommer 2001 erscheinen.

Idole

Die Geschichte eines Jungen, der von klein auf nur einen Traum hat: ein berühmter Boxer zu werden. Kein ungewöhnlicher Plan, wenn man in den 30er und 40er Jahren mitten im Ruhrgebiet heranwächst, im Schatten von Fördertürmen und auf Abraumhalden spielt, im Rhein-Herne-Kanal schwimmt statt in Badeseen. Die Jungen hier verehren die Fußballstars Klodt und Kuzorra, aber ihr großes Idol ist der Boxweltmeister Max Schmeling.

Der Junge scheint seinem Traum ein Stück näher zu kommen, als die Familie in einen kleinen Ort im Sauerland zieht, wo sich direkt nach dem Krieg eine Boxstaffel bildet …

Wie sich Siegen, aber auch Verlieren anfühlt, was wahre Freundschaft ist – und woran man erkennt, welchen Träumen man folgen muss im Leben und welche man besser schnell fallen lässt, davon handelt dieser zum Teil autobiografische Roman einer Jugend in Deutschland.

Robert Beyer, 71, gelernter Industriekaufmann, seit zehn Jahren Redakteur und Moderator im Radio; Beiträge für die regionale Zeitung und in verschiedenen Sammelbänden, zuletzt in »Heil Hitler, Herr Lehrer«; er lebt in Plattenberg (Sauerland).

Geheimnisvolle Spuren

Ein Biber namens Tom und der Elefant Tobi treffen sich zum Angeln an einem Fluss. Klaus der Feldhase besucht sie zu einem Picknick. Während er von der größten Karotte der Welt träumt, verspeisen die anderen beiden genüsslich ihren frisch gefangenen Fisch. Auf einmal kommt die Kükendame Sabrina aufgeregt angeflattert und erzählt, dass sie geheimnisvolle Spuren im Hühnerstall gesehen habe. Sie begutachten zusammen die Spuren und ziehen Wolfi, den Hundedetektiv, zu Rate – der für seinen guten Riecher bekannt ist. Sie beschließen, sich auf die Lauer zu legen. Als Wolfi auf einmal bellt, stürzen sich alle auf ein unbekanntes Etwas und stecken es in einen Sack. Sie ziehen den Sack ins Vollmondlicht, und heraus purzelt ein kleiner Hund, der im Schutz der Dunkelheit die Reste aus Wolfis Napf hatte stibitzen wollen. Sie geben ihm erst einmal etwas zu essen und zu trinken. Er bekommt den Namen »Rudi der Räuber«.

So beginnt das erste Abenteuer von Biber Tom und Elefant Tobi – ein Tiermärchen für große und kleine Kinder.

Bianca-Maria Rauch, 23, Gesangs-, Schauspiel- und Visagistenausbildung, jetzt Schülerin der Modefachschule Esmod in München.

Als die Kuh vom Eis war,
trug sie offene Türen nach Athen

Der 30-jährige Kai ist hässlich, die Frauen meiden ihn und bei seinen wenigen Bordellbesuchen muss er erkennen, dass geschlechtliche Erregung bei ihm Migräne auslöst.

Kais Eltern sind reich, er könnte das Arbeiten lassen, bittet seinen Vater jedoch, ihm einen Job bei einem Hamburger Fernsehsender zu besorgen. Im Vorabendprogramm empfiehlt Kai neu angelaufene Filme. Bei einer Pressevorführung sieht er Frauke: Sie schreibt für Magazine, hat Witz und so viel Sexappeal, dass sich die Männer aus der Medienbranche reihenweise für sie interessieren. Doch sie interessiert sich nur für Kai! Die beiden werden ein Paar und Kai kann endlich ohne Migräne lieben.

Nach sechseinhalb Wochen im Taumel trennt sich Frauke plötzlich von Kai mit der Begründung: *»Du bist mir nicht gefährlich genug.«* Aus Rache verkommt Kai, er trinkt nur noch Bier, frisst an Imbissbuden, ist bald so dick wie Helmut Kohl und lässt sich seine Haare bis zum Hintern wachsen. Da Frauke ihn mit einer Phrase verstoßen hat, entscheidet sich Kai, nur noch in Phrasen zu sprechen. Bald hat er den Ruf eines Entertainers und Sprachartisten irgendwo zwischen Oscar Wilde und Karl Kraus. Auf einer Party trifft er Frauke wieder. Sie ahnt nicht, wie gefährlich er jetzt für sie wird!

Die Tragikomödie wandelt sich zum Schocker und Erziehungsroman.

Uwe Kopf, 45, vorbestraft wegen Hauerei mit Polizisten, nichts gelernt, war früher Bürobote, schreibt jetzt für »Playboy«, »Bild«, »Financial Times«, »Stern« und »Brigitte«. Sein erster Roman wird bei einem renommierten deutschen Verlag erscheinen. Fragt sich nur wann.

Zwei Welten

Als Roberto aufwacht, weil ihm die wärmende Julisonne durch das geöffnete Fenster auf seine Schnauze scheint, ist ihm noch nicht klar, dass dies einer der schwärzesten Tage seines Hundelebens sein wird. Beim morgendlichen Spaziergang kommen er und Henning gefährlich nahe an den Bereich, vor dem die weise alte Pudeldame Ponkratia den kleinen Roberto immer gewarnt hat. Auch Henning ist von seinen Eltern stets eingeschärft worden, nie an das andere Ende des großen Maisfeldes zu gehen, weil dort größte Gefahren lauerten. Doch an diesem Tag will Henning es wissen – und nimmt den aufgeregten Roberto mit.

Am Ende des Maisfeldes tut sich ein riesiger Abgrund auf. Weil er selbst sich nicht traut, befiehlt Henning seinem Labradormischling Roberto, die einzige dort befindliche Leiter hinabzuklettern. Roberto folgt, gleitet aus und fällt – in eine neue Welt. Als er wieder zu sich kommt, ist alles anders. Henning ist nicht da, seine alten Freunde sind weg, niemand kennt ihn. Nach langem Umherirren, geschwächt von Hunger und Durst, findet Roberto die Leiter, die zur anderen Welt führt, aber er kann sie nicht erklimmen. Er beginnt, sich in der neuen Welt einzurichten, findet neue Freunde und schafft sich sein eigenes Zuhause. Aber er ist nicht mehr der unbekümmerte, freudig umherspringende Labrador, der er einmal war. Und er wünscht sich immer noch in seine alte Welt zurück.

Christoph Reichert, Rechtswissenschaftler, 33, geboren in Franken, aufgewachsen in München und Freising, studierte in Augsburg, wo er zur Zeit auch lebt und arbeitet. Er hat bisher ausschließlich rechtswissenschaftliche Arbeiten veröffentlicht.

Weihersbronn
© Felix Huby

Es beginnt am ersten Tag des vergangenen Jahrhunderts und endet mit dem 31. Dezember 2000. Ein kleines Dorf in einer unaufgeregten Gegend mit kleinen Bergen, Wäldern und Wiesen, die großen Städte weit weg, aber nicht unerreichbar. Ein kleiner Fluss schlängelt sich durchs Tal. Im Zentrum ein Brunnen und ein kleiner Weiher. Brunnen und Weiher haben dem Dorf den Namen gegeben: Weihersbronn.

Geborgen ist man da, aber auch weit weg von der Welt.

Zu Beginn kennt noch jeder jeden im Flecken. Wer sich an- und einpasst, kann es gut aushalten. Aber wehe, jemand durchbricht die Norm und ist anders als die anderen. Er stört das Gleichgewicht, er verunsichert die Bewohner von Weihersbronn. So einer ist Wilhelm Störzer, der den König nicht respektiert, in den Wäldern jagt und in der Kirche dem Pfarrer Widerworte gibt.

Störzer und seine Nachfahren bilden das Zentrum des Dorfes und des Romans. Wir lernen sie alle kennen: die Bigotten, die Duckmäuser, die reichen, herrschsüchtigen Bauern und die Tüftler und Grübler. Ein Mikrokosmos. Irgendwie steht jeder in Beziehung zu jedem. Geschlechter bekriegen sich über Generationen. Das endet auch nicht, als sich die Jungen gegen das Gebot der Väter verlieben. Es gibt Kämpfe bis aufs Messer und Leidenschaften, die alles andere vergessen machen.

Alles, was in Weihersbronn geschieht, ist eingebettet in das Geschehen draußen in der Welt. Aus der Perspektive unserer Dorfbewohner erleben wir den Ersten Weltkrieg, das Ende der Monarchie, die Wirtschaftskrise, das Dritte Reich, den Zweiten Weltkrieg, die Aufbaujahre danach und die schnelle Technisierung der Gesellschaft.

Felix Huby, 63, gelernter Journalist und Reporter. Er arbeitet heute vor allem als Schriftsteller und wurde als Drehbuchautor berühmt.

Universalia post res
© Jürgen W. Braun

Denkzettels Traum vom viel beschworenen Urteil der Geschichte über jene fundamentalistischen Ideologen und machiavellistischen Unholde, die ihre egoistischen Theorien ex cathedra zur Messlatte für alle erklärt haben, um anschließend mit blutgetränkter roter Robe Abweichler gnadenlos zu verurteilen und hinzurichten.

Die Geschichte dieser besonderen Spezies musste geschrieben werden. Damit die noch lebenden Diktatoren den Braten nicht sofort riechen, verbündet sich der Autor mit Winnetou und Old Shatterhand. Winnetou macht sich auf leisen Sohlen auf die Spur der Übeltäter in Religion und Politik, Wirtschaft und Wissenschaft, Kunst und Kultur. Old Shatterhand bringt sich derweil schon mal im Fitnessstudio in Form, um nach Aufdecken der Bösen das Gute siegen zu lassen.

Der Autor legt hiermit den ersten Band seiner mehrteiligen philosophischen Kriminalstory vor, in der alle rückwärts gewandten Denker auftauchen, die seit den Urzeiten geleugnet haben, dass das Machen vor der Theorie steht, dass das Begreifen schon etymologisch das Greifen voraussetzt, dass es neben »Form follows function« noch etwas anderes gibt, nämlich den durch die fünf Sinne gespeisten gesunden Menschenverstand.

Jürgen W. Braun, Jahrgang 1938, Jurist und Wirtschaftsmanager, zuletzt zwanzig Jahre lang Geschäftsführer des Türklinkenherstellers FSB, Herausgeber der prämierten Edition rund um »Greifen und Griffe« in 16 Bänden.

Der Mann im Mars

Der Penner war wieder einmal unruhig und beschloss, seinen Sohn zu besuchen, obwohl er ihm immer auf die Nerven ging. Regelmäßig setzten dem Junior unbekannte Gläubiger nach, weil Vater und Sohn mit demselben Vor- und Nachnamen im Telefonbuch standen. Obendrein stolperte der Junge über den Alten, wenn er irgendwo im dunklen Treppenhaus zusammengerollt schlief. Umso erstaunter war der Penner, als sich diesmal auf das unangemeldete späte Klingeln die Tür sofort öffnete.

Die ungelüftete Wohnung hinter ihren schweren, geschlossenen Gardinen reflektierte im blaugrünen Licht der Aquarien. In den letzten Wochen hatte der Sohn seinen Guppys LSD ins Wasser geschüttet, aber keine Verhaltensveränderungen feststellen können. Deshalb war heute sein Vater dran. Er verschwand in der Küche und kam mit einer bereits geöffneten Flasche zurück: »Ein Bierchen?« Der Alte griff zu und leerte sie mit gierigen Zügen. Die ungewohnte Freundlichkeit konnte jederzeit in ihr Gegenteil umschlagen. Und so war es auch. Kaum hatte er den letzten Tropfen eingesogen, hieß es: »Los, mach dass du hier rauskommst, verpiss dich!«

Als der Penner im warmen Bus saß, fühlte er sich merkwürdig. Die ganze Nacht blieb er im 19er oben vorne und starrte durch die Scheibe wie ein Fisch im Aquarium. Viel später, als sich der erste fahle Morgenschimmer auszubreiten begann, sah er die kleine grüne Kugel perspektivisch wachsend auf sich zufliegen. Der Himmel füllte sich grell phosphorgrün und er spürte hinter seinem Busfenster plötzlich etwas wie einen elektrischen Schlag …

Stefan Roloff, 46, Maler und Filmemacher in New York.

Schönheit auf Bestellung

© Margit Rüdiger
Lore Großhans

Jahr für Jahr legen sich eine Viertelmillion Deutsche unters Messer – nicht nur Frauen –, um eine schönere Nase, ein strafferes Kinn, einen anderen Busen oder schlankere Hüften zu bekommen. Manche sind nach dem Eingriff glücklicher, manche auch nicht. Denn viele Ärzte, die »schönschneiden«, verstehen ihr Handwerk nicht. Fakt ist, dass sich viele Frauen und Männer zu einem operativen Schritt entscheiden und mangels guter Adressen und mangels richtiger Aufklärung viel Leid erfahren, weil die Operation eben nicht so ausfällt, wie sie es sich vorstellen. »Pfusch«, der sich vermeiden ließe mit richtiger Aufklärung und mit Hinweis auf seriöse Adressen.

Genau das ist das Anliegen dieses Ratgebers. Er will Mut machen, aber auch die Grenzen des Machbaren aufzeigen. Die Autorinnen haben viele Jahre zu diesem Thema recherchiert. Sie informieren kompetent und unabhängig von Kliniken und Ärzten über Techniken, Risiken, Erfolge, aber auch über die psychologischen und juristischen Seiten einer solchen Operation. Ein Ratgeber von großem Allgemeininteresse. Umfragen zufolge setzen sich mindestens jede zweite Frau und jeder dritte Mann mit diesem Thema auseinander.

Margit Rüdiger ist Journalistin und Buchautorin in München und arbeitet für alle großen Frauenzeitschriften. Ihr Spezialgebiet ist Beauty, Wellness, Medizin. Lore Großhans arbeitet ebenfalls als Journalistin und hat dazu noch eine Ausbildung zur psychologischen Beraterin.

Tod im Pop

Dezember 2000. Die unbekannte Folksängerin Eva Cassidy hat Grund zur Freude. Ihr Album »Songbird« ist Nummer eins der englischen Popcharts. Es verkauft sich hunderttausendfach. Doch niemand weiß, wie Eva das findet. Sie ist seit viereinhalb Jahren tot.

Welche Rolle spielte eine Waschmaschine beim Tod von Ian Curtis? Weshalb muss Elvis Presley zwanzig Jahre nach seinem Tod auf Tournee gehen? »Wer unsterblich werden will, darf nicht lange leben«, lautet eine der wichtigsten Regeln im Popgeschäft. Dieses Buch erklärt, welchen Einfluss Verstorbene auf Kultur und Gesellschaft nehmen und wie sich unser Denken über den Tod durch die Popmusik verändert hat. Es erzählt von Unfällen, von Scheintoten und von der Todessehnsucht in einer Kultur, die sich der Unsterblichkeit verschrieben hat. In den Hauptrollen: Drogenabhängige, Exhibitionisten, Lügner und Mörder.

Arezu Weitholz, 32 Jahre alt, Autorin und Journalistin (»Spiegel«, »Stern«, »Süddeutsche Zeitung«), lebt in London und ist erreichbar über arezu@elvislebt.com

Die neuen Väter – eine Warnung

Wenn Männer Väter werden, ändern sie an ihrem Leben erst mal gar nichts. Job, Geld, Macht – sei sie eingebildet oder echt: Das war vorher wichtig und bleibt es auch. Ja, aber? Leider nein. Es gibt sie nicht – die neuen Väter. Es gibt nur Männer, die begriffen haben: Nichts kommt derzeit besser an als die große Papashow. In der Politik, vor Gericht und leider auch bei Frauen.

Zu groß ist die Sehnsucht nach einer Väterlichkeit, die endlich bereinigt ist von Missbrauchsverdächtigungen oder dem Vorwurf kalter Ignoranz, als dass die Vaterliebe dekuvriert werden könnte als das, was sie häufig ist: ein altes Machtspiel mit neuer Rückendeckung für den Mann. Auf dieser Welle schwimmen sie ganz oben: der Künstler, der in dritter Instanz durchsetzt, dass die Tochter ihre Mutter aus dem Urlaub mit Papa nicht anrufen darf; der kriminelle Immobilienmakler, der dem Jugendamt Fotos von sich und seiner Tochter schickt beim gemeinsamen Kochen. Das Kind als narzisstischer Zugewinn. Denn nie war Vatersein so schick. Den Frauen bleibt die Defensive – und die Arbeit im Alltag mit Kindern.

Eine Streitschrift, wie sie sein soll: unausgewogen, fundamentalistisch und längst überfällig.

Christina Bylow ist freie Journalistin. Sie schreibt Porträts, Interviews, Filmkritiken u. a. für die »Berliner Zeitung«, »Die Zeit«, »Mare« und lebt mit Mann und Kind in Berlin.

Gott war schlecht gelaunt

So war es immer, wenn seine Frau das Frühstücksei zu lange gekocht hatte. Er schwieg. Das Schweigen war und ist bis heute ja seine eigentliche Rache.

So stand er am Fenster der »Jehova 1« und starrte ins All. Da plötzlich erblickte er etwas, was seine Aufmerksamkeit erregte. Es sah aus, wie von spielenden Engeln achtlos in den Raum geworfen. Was für ein hübsches Spielzeug, dachte er, es erinnert mich irgendwie an meine Kindheit. Ich war auch einmal jung und unbekümmert, wusste noch nicht, was auf einen erwachsenen Gott zukommt, der die Verantwortung für ein ganzes Weltall zu tragen hat. Und dann die ständigen Kabbeleien mit meiner Frau. Oh Gott, sagte er leise zu sich selbst, hätte ich das alles vorher gewusst, ich hätte mir einen anderen Job gesucht. Und wahrscheinlich auch nicht geheiratet. Doch nun ist es zu spät.

Als das blaue Bällchen näher kam, landete er ohne nachzudenken und ging an Land. Die Luft war gut, das Wasser frisch, die Tiere freundlich. Warum nicht ein bisschen herumspielen, dachte er, und Kind sein wie früher. So kreuzte er allerlei Tiere untereinander. Dabei hatten es ihm die Affen besonders angetan, aber da geschah es, dass ein Tropfen seines Blutes sich mit dem eines Affen vermischte. Versehentlich. Wie ungeschickt er doch manchmal war. Er erschrak, denn er sah, wie das Äffchen plötzlich zu einem Monster mutierte, das mit seiner Faust drohte und sprach: *»Ich will Sex, sofort!«*

Der alte Herr bekam es mit der Angst. Und so blieb ihm nichts anderes übrig, als noch einen Tropfen Blut zu opfern, um ein zweites Monster zu schaffen.

Als Gott zurück ins Raumschiff kam, mochten nach irdischer Zeitrechnung zwei oder drei Millionen Jahre vergangen sein, doch für ihn war es nur ein halber Tag. Auf dem Küchentisch stand noch immer das zu harte Ei, und seine Frau trug noch immer die Lockenwickler von heute früh. Während »Jehova 1« abhob, blickten der alte Herr und seine Frau hinaus und sahen, wie sich die neu erschaffenen Tiere gegenseitig totschlugen, Kanonen abfeuerten, Bomben warfen, Dünnsäure ins blaue Meer kippten und Wälder anzündeten. Manche besaßen sogar eine Bank und trieben es an der Börse.

Da der alte Herr schon in einem Alter war, in dem selbst eine starke Brille nicht mehr zum Erkennen der Welt ausreicht, musste ihm seine Frau erklären, was da unten zu sehen war. Er wollte es nicht glauben. *»Versprich mir«*, sagte sie schließlich, *»dass du nie wieder solch einen Unfug anstellst. Wenn du das nächste Mal aussteigst, dann nur mit meiner Begleitung. Und jetzt halte deinen Mittagsschlaf. Ab ins Bett!«*

So legte er sich hin. Und schläft bis heute.

Wolfgang Korruhn, 64, lebt als TV-Journalist in Köln. Legendär sind seine Fernsehinterviews in »Zak« und im ARD-Morgenmagazin.

Gebrauchsanweisung Deutschland
© Peter Probst
Beatrix Schnippenkoetter
Gernot Wüschner

Ausländer haben es mit Deutschen schwer – aber auch die Deutschen wissen nicht immer ganz genau Bescheid, wie sie eigentlich funktionieren. Das Einfachste für alle Beteiligten wäre deshalb: eine »Gebrauchsanweisung Deutschland«. Damit endlich jeder weiß, wo in diesem Land oben und unten, vorne und hinten ist.

Um herauszufinden, wie der Deutsche tickt, veranstalten wir die »Begehung eines Deutschen«: Der Leser wird durch den

Kopf, den Bauch, die Genitalien, die Beine, die Arme eines Deutschen geführt. Im Gehirn begegnet er deutschem Tiefsinn, aber auch deutschen Vorurteilen, im Ohr deutschen Liedern und Lauten, im Mund der deutschen Sprache, angeblich einer schweren Sprache. In der Brust findet er Gemüt, Weltschmerz, Romantik, in den Händen das Handwerk, die Gewalt, die Strafen, in den Füßen den Fußball, das Wandern …

Aber es sind nicht deutsche Stimmen und Autoren, die den begehbaren Deutschen mit ihren Beobachtungen, Meinungen, Auffassungen und Urteilen füllen, sondern sogenannte Ausländer: internationale Künstler, Publizisten, Schriftsteller, Politiker und Prominente. Sie beschreiben, erklären, deuten, loben, tadeln. Sie denken sich in die Deutschen hinein und zeichnen auf, was sie selbst in Deutschland fühlen, sehen, hören, schmecken und riechen. Sie wundern sich, regen sich auf, amüsieren sich ... Dazu harte – und auch etwas weichere – Fakten: die meistgetragenen Kleidungsstücke, das meistgegessene Lieblingsgericht – der Döner – und als Krönung ein deutscher Sprachtest: »Setzen, fünf.«

»Gebrauchsanweisung Deutschland« macht also vertraut mit den Gewohnheiten der Deutschen, ihren Wertvorstellungen, Regeln und Tabus. Sie führt durch die Lebenswelt der Deutschen, wie sich das für eine Gebrauchsanweisung gehört: praktisch, handfest, einfach. »Gebrauchsanweisung Deutschland« ist ein ungewöhnliches, vielseitiges, sinnliches, emotionalisierendes Buch. Keine theoretische Unterweisung, sondern ein mit allen Sinnen erfahrbares Deutschland.

Beatrix Schnippenkoetter war Fernsehredakteurin und Moderatorin, schreibt jetzt als freie Journalistin für den »Tagesspiegel«, Berlin; Gernot Wüschner, Creative Consultant, hat 25 Jahre lang erfolgreich Werbung gemacht und versucht nun, sich davon zu entgiften; Peter Probst schreibt Drehbücher fürs Fernsehen. Alle drei kennen sich aus ihrer gemeinsamen Arbeit für die Münchner Lichterkette.

Nym

»Es war nicht das erste Mal, dass Nym wie berauscht durch sein Zimmer fiel, den vergänglichen Duft Celestes endlich sein eigen zu nennen, ihr Parfüm, das gleich Blütenstaub auf jenen Gegenständen des Zimmers ruhte, die sie, vor Stunden durch seine Kammer schweifend, mit eigenen Händen berührt hatte, ihren Wohlgeruch für die verbleibende Zeit einer allmählich ausklingenden Nacht jetzt ganz ihm überlassend, diese einzige Erinnerung an ihren lange schon abwesenden Körper.«

Eine fantastische Amour fou quer durch Europa, Amerika und den Mittleren Osten. Nyms Liebe zu Celeste, seine Hingabe ans Ewigweibliche und der absolute Glaube an unmittelbares Erleben schaffen eine stets zwischen Zeitraffer und Innehalten schwankende Szenerie. Ob Nym in Saarbrücken durch den Lattenrost seines Betts mit einer Wassernixe flirtet, das Taschentuch verspeist, mit dem er den hinabperlenden Schweiß vom Körper der jungen Vortänzerin in Las Vegas abgetupft hat, oder ob er das Lächeln Celestes auf dem Gesicht einer Berberin im Wadi Hadramaut zu erkennen glaubt: Karge Einfachheit und ausschweifender Luxus wechseln sich in »Nym« ebenso rasant ab wie Wach- und Traumzustand, Langeweile und Kurzweil des Jetsets.

Thomas Girst, geboren 1971, Forschungsleiter des Art Science Research Laboratory, NY, und Chefredakteur von »Tout-Fait: The Marcel Duchamp Studies Online Journal«. Begründer und Mitherausgeber von »Außenseite des Elementes«, einer Anthologie internationaler Literatur, Kunst und Illustration.

Golddigger – die Geschichte der Cleaning Lady Edita

Edita hat einen Plan. In New York braucht man einen Plan, sonst geht man verloren. Deshalb fängt sie als Garderobiere in einem teuren Nachtclub an, liest den Wirtschaftsteil der »New York Times« und leiht sich Bücher über Polo-Ponys. Sie belegt Kurse in Modedesign, färbt sich die Haare und fälscht ihr Alter. Sie kann altes von neuem, geerbtes von gestohlenem und viel von wenig Geld unterscheiden. Aber wie geht Dating? Und wie geht Liebe? Warum stellt ihr der Professor von der Columbia University nach ihrer Affäre eine Spesenrechnung? Und warum verweigert ihr Sohn seit Monaten das amerikanische Schulessen?

Edita hat eine Vergangenheit, aber deshalb ist sie nicht nach Amerika gekommen. Schön, jung und leidenschaftlich (oder ordinär, naiv und verblendet, je nachdem, wen Sie fragen), sucht sie in Manhattan nach einem Millionär. Jedenfalls solange der Hausmeister auf ihren Sohn aufpasst.

Kristin Rübesamen lebt als freie Journalistin für TV und Magazine in New York.

Exil

Z. wächst in den 50er und 60er Jahren wohl behütet in einem vornehmen Westberliner Stadtteil auf. Ein unwiderstehliches Bedürfnis, die Seite seiner Stadt kennen zu lernen, aus der die Fensterputzer kommen, lockt ihn in das aufkeimende Leben des psychedelischen Untergrundes. Seine Eltern wollen diese Suche durch einen Internatsbesuch abbrechen. Doch Z. steigt rechtzeitig aus dem Zug aus und fährt in anderer Richtung weiter: Die Reise führt ihn durch verschiedene europäische Länder und dann, mit dem Plan, etwas Geld zu verdienen, zurück nach Deutschland. Dort wird er gesucht. Von Polizisten verfolgt, beschließt er, nach Berlin zu fliehen, wo er sichere Verstecke kennt. Er beginnt, das damit verbundene erzwungene Stillhalten durch Heroingebrauch erträglich zu machen.

Ein früherer Klassenkamerad, der es nur gut meint, informiert die verstörten Eltern, die Z. auf die Insel Teneriffa schicken und dort einem mit der Familie befreundeten Arzt anvertrauen. Hier herrscht Ruhe, Ordnung, und es gibt eine strenge Schule, auf die er gehen soll. Vor der gehobenen Gesellschaft flieht er wieder, diesmal allerdings verfolgt ihn die Polizei des Franco-Regimes.

Eine Parabel.

Gerlinde Unverzagt, 40, lebt in Berlin, Journalistin und Autorin von Sachbüchern.

Seewirt – Geschichten aus einem Sternelokal

Innen, Nacht. Thomas Bieler, Koch, hat Journalisten, Kameraleute und Ehrengäste in sein Restaurant am Starnberger See eingeladen, um mit ihnen seinen zweiten Michelin-Stern zu feiern. Seine Frau, die Managerin des Lokals, stürzt auf ihn zu und sagt: *»Anna ist schon wieder nicht nach Hause gekommen. Ich muss mich mehr um die Kinder kümmern. Versprich, dass du nicht den dritten Stern anstrebst.«*

Er verspricht es. Aber sein Ehrgeiz ist zu groß. Sie trennen sich.

Geschichten aus der Küche eines Sternelokals, von den Gästen, einer neuen Liebe, dem heimlichen Hobby des Kochs: Stepptanz. Thomas Bieler bekommt den dritten Stern. An diesem Tag schließt er sein Restaurant. Und kehrt zu seiner Frau zurück. Sie übernehmen die einfache Dorfwirtschaft seiner Eltern, sein Vater ist gestorben. Nach ein paar Wochen fängt er schon wieder an, mit Weinlieferanten aus dem Bordeaux zu verhandeln. Heimlich.

Ende.

Susanne Schneider, 42, war Redakteurin bei »Tempo«, »SZ-Magazin« und »Die Zeit«.

Kinderspiel

Heiligabend 1971. Irgendwo in Nordhessen haben Herr und Frau F. ihren dreijährigen Sohn mit seiner kleinen Schwester zum Spielen aus dem Wohnzimmer geschickt, um den Weihnachtsbaum in Ruhe zu schmücken. Kurz nachdem der Vater ein Machtwort gesprochen hat, dringt kein Kinderlärm mehr an die Ohren der Eltern. Als sie den Jungen und die fünf Monate alte Tochter zur Bescherung holen wollen, entdecken sie ihr Baby bewegungslos und seltsam verrenkt neben der Badewanne. Den Bruder finden sie endlich schreckstarr verstummt im Schrank …

30 Jahre später. Nach außen entspricht Paul dem Modell Erfolgstyp ohne sichtbares Privatleben. Unbelastet von bewussten Erinnerungen an die Zeit vor der Trennung seiner Eltern wuchs er bei Oma auf, wo er bis heute wohnt. Sein unterentwickeltes Verhältnis zu jüngeren Frauen verheimlicht der smarte, sonst superkorrekte 33-Jährige – und serviert dafür im Büro beiläufig interessierten Kollegen das stahlgerahmte Porträt irgendeiner Blondine. Abgesehen davon stimmt eigentlich das meiste für ihn. Wenn diese rätselhaften nächtlichen Vorkommnisse nicht wären …

Karen Krabbe überstand eine Jugend mit zwei Brüdern, arbeitet als Autorin/Redakteurin und lebt mit ihrem Sohn Konrad in Hamburg.

Drei Fragezeichen in Berlin
© Claudia Riedel

Dass sich die vietnamesische Zigarettenmafia in die Geschichte einmischen musste, wurde irgendwann anstrengend. Das Kilo Heroin im Schließfach war schon hart genug. Nach Paris zu fahren und sämtliche Bahnhöfe nach einem Schließfach abzusuchen – eigentlich eine sehr abwegige Idee. Aber Felix hatte ja in der alten Gainsbourgh-Platte diesen Geheimcode gefunden, und alle hatten sich tausend Sachen eingebildet.

Es begann im Humana-Kaufhaus in der Karl-Marx-Allee.

Ines, Heji und Felix treffen sich in der so genannten Exklusiv-Abteilung im Erdgeschoss. Alle probieren Sachen an. Felix latscht mit einem viel zu großen Shell-Parka durch die Gänge und nervt die Verkäuferinnen. Ines kann sich nicht entscheiden, ob die Glitzer-Jeansjacke mit Puffärmeln zu ihrer neuen Haarfarbe passt. Dann entdeckt Heji auf dem Haufen neben der Umkleidekabine eine Balenciaga-Bluse für 13 Mark – und in der winzigen Innentasche eine rausgerissene Zeitungsannonce mit der Adresse einer Haushaltsauflösung. Weil allen sowieso langweilig ist, fährt man also nach Marzahn. Von dem Haushalt ist nicht mehr viel übrig. Ein paar schäbige Sachen liegen noch auf dem Boden der aufgebrochenen Wohnung und Felix nimmt die Gainsbourgh-Platte mit, die scheinbar sowieso niemandem mehr gehört …

Claudia Riedel, 29, geboren in München, lebt jetzt in Berlin. Sie arbeitet als Redakteurin bei der »Zeit«.

Motel Tropicana

Eine Kriminalgeschichte, die nicht von ungefähr an den legendären Roman »Menschen im Hotel« erinnert – nur dass der Ort des Geschehens ein paar Sterne weniger hat, dafür aber ein paar Starlets mehr beherbergt. Das »Motel Tropicana« war bis in die 80er Jahre die Absteige der internationalen Halbwelt am Santa Monica Boulevard in Los Angeles: Pornoproduzenten, Avantgarde-Regisseure, Transvestiten, aber auch verarmter russischer Adel, verschmähte Geliebte und erfolglose Künstler übernachteten hier Wand an Wand – und nur allzu oft wurde aus einem »One-Night-Stand« ein Aufenthalt für Monate, wenn nicht sogar Jahre.

In diesem explosiven Melting Pot aus Intrigen, Drogen und enttäuschten Gefühlen geschieht ein Mord, der die Menschen über die Grenzen West-Hollywoods hinaus erschüttert. Denn die Spur führt zum Set einer großen Filmproduktion. Und nach Beverly Hills, in die Villa eines Mega-Produzenten, dessen Vorzeigefamilie nichts ahnt von der geheimnisvollen Beziehung zu einem jungen Mann aus Schweden …

Ulrich Graf, geboren 1952, Schweizer Kosmopolit und Kult-Haareschneider in München, übernachtet nach dem Abriss des »Motel Tropicana« im »Ramada Hotel« in West-Hollywood.

Die Brüder Sciacca

Ein Fischerdorf an der Küste Andalusiens. In der Villa Berber, hoch über der malerischen Bucht, lebt Don Orfeo. Der 70-jährige gebürtige Sizilianer hat es in New York zum Mafiaboss gebracht. Doch weil er sich in eine FBI-Agentin verliebte, will ihn die Familie umbringen lassen. Um Orfeo zu schützen, brachte ihn sein Bruder Paolo in das einsame Nest, weit weg von New York und weit weg von Sizilien. Trotz der Bewacher, die ihn daran hindern sollen, die Villa zu verlassen, ist Orfeo vor allem der Gefangene seiner selbst: seiner Erinnerungen an Eltern und Großeltern, an die Kämpfe mit seinem Bruder – und an Rosalia, seine erste Liebe. Er quält sich mit der Frage, was in seinem Leben so entsetzlich schief gelaufen ist.

Als Paolo zu Besuch kommt, stehen sich die beiden alten Brüder gegenüber, misstrauisch und stumm. Mit einem Fernrohr entdeckt Orfeo die Dorfbewohner unten in der Bucht, saugt sich fest an dem Leben fremder Menschen. Seine alten Instinkte erwachen wieder, er wird eingreifen. Vor allem als er Teresa bemerkt, ein junges Mädchen, das Rosalia zum Verwechseln ähnlich sieht. Und er entdeckt Frank Russo, den Vollstrecker der Familie. Zum großen Osterfest im Dorf bricht Orfeo aus, um seine Liebe zu suchen und seinen Tod zu verhindern.

Das Leben hat keine Moral und der Tod keine Ehre.

Volker Vogeler, 71, Regisseur und Autor zahlreicher Fernsehfilme, Deutscher Filmpreis für »Jaider der einsame Jäger«; lebt auf Ibiza.

Dunkelgrün
© Eyal Psavken

Die Welt im Jahr 2090: Die westliche Hemisphäre ist gespalten in zwei grüne Lager – die rechten Ökos und die linken Ökos. Nachdem die Kreutzfeld-Jakob-Krankheit fast die ganze europäische Bevölkerung hinweggerafft hat, gewinnt die rechte grüne Partei die Wahl zum europäischen Parlament. Damit kommt eine rechtsextremistische Strömung an die Macht. Erklärte Hauptfeinde der Rechtsalternativen sind Südamerika und Asien. Es steht zu befürchten, dass Europa den Krieg erklärt – zum einen Brasilien, weil dort der Regenwald weiterhin abgeholzt wird, zum anderen Mexiko, weil das Land seine Fischer nicht nötigt, die Fangquoten einzuhalten. Die linken Grünen sind in höchster Alarmstufe. In ihren Augen sind die rechten Grünen eine Nazipartei. Bestätigung finden sie in den Ressentiments der Rechten gegen die Juden, denen das rituelle Schlachten ihrer Tiere aus Tierschutzgründen verboten werden soll, weshalb religiöse Juden nicht mehr in Europa leben können. Die christliche Kirche hingegen unterstützt die Ökofaschisten, die sich in ihrem Programm auf die Bibel berufen.

Vor diesem Szenario wird die Geschichte von Joram erzählt, einem jungen Juden, der auszieht, den Dritten Weltkrieg zu verhindern.

Eyal Psavken, geboren 1972 in Israel, studierte Politik an der Universität Tel Aviv, war danach Mitarbeiter eines Knessetabgeordneten und ist seit 1999 auf Reisen.

Aufbruch

»Jeden Nachmittag habe ich Mutter aus der Wurstfabrik abgeholt, damit ihr die Russen auf dem Heimweg nichts tun. Kinder haben sie ja gemocht. Dabei hatten wir als Pimpfe mit einer Panzerfaust zu Hause auf sie gewartet. Auf dem Weg bin ich immer durch die Ruinen gestöbert. Und da lag die Frau, bewegte sich nicht mehr. Sie hatten sie zu Tode vergewaltigt. Ich bin natürlich abgehauen. Erzählt habe ich das nicht. Erst viel später, als Mutter nicht mehr Angst haben musste.«

Richard ist zehn Jahre alt, als um ihn herum die Welt zerbricht. Alles, was man ihm vermittelt hat, landet im letzten Massengrab des Tausendjährigen Reiches. In einem Klima des Vergessens, Verdrängens, des Misstrauens und Schweigens wachsen die Kinder von 1945 zu Erwachsenen heran. Männer und Frauen, deren Kindheit von traumatischen Erlebnissen durchsetzt ist, erziehen kaum 15 Jahre später ihre Kinder.

»Ich habe ewig gebraucht, um Erwachsenen wieder zu vertrauen. Wir haben ja nicht nur die Gewalt der Russen erlebt. Es waren doch unsere Nachbarn, Deutsche, die haben alles gestohlen, was wir im Keller eingemauert hatten.«

Richard verschließt sich. Die Narben auf der Seele sollen für immer unsichtbar bleiben – und wachsen in der Familie doch weiter. Als Rentner erzählt er seiner Tochter die Geschichten seines Lebens. Und sie muss längst vertraute Fragen neu stellen: Wer ist mein Vater, wer war meine Mutter? Wer bin ich?

Alke von Kruszynski lebt als Journalistin in Hamburg und ist Mutter eines Sohnes. Die Antworten auf die Fragen werden auch sein Leben mitbestimmen.

Kinderszenen – frei nach Robert Schumann

1. Der Garten. Da war der Garten meiner Großeltern hinter dem Haus, begrenzt durch hohe Mauern. Eine Bretterwand, große Hortensienbüsche betonten das Begrenzte, Geborgene. In seiner Mitte plätscherte ein Springbrunnen mit einer kleinen Fontäne, umgeben ebenfalls von Hortensienbüschen und hohen Gräsern. Da waren noch mehr Geräusche, am Tage die singenden Sägen vom benachbarten Holzplatz des Großvaters, die Pausensirenen und das Gackern der Hühner im Schuppen.

2. Der Fluss. Das Kinderzimmer lag zum Fluss. Der Fluss hatte viele Geräusche, Hochwasser und Schneeschmelze erfüllten mit tosendem Rauschen die Luft. Krachende Eisschollen kündigten das Frühjahr an. Magisch von der Gefahr angezogen, schossen wir Kinder auf unseren Schlitten das Steilufer hinab, ohne zu bremsen, bis wir kurz vorm Wasser jäh stoppten. Im Sommer war der Fluss still. Bemooste Steine dienten als glatte Brücken, kleine silbrige Fischchen waren gefangen im Hafen, wurden in andere Gewässer umgeleitet. Nachts, schon halb im Traum, glitt das Kind auf dem Fluss dahin, an vielen Ufern vorbei, ahnte die Möglichkeiten des Lebens und schlief unter Herzklopfen ein.

3. Der alte Apfelbaum. Er trug nur wenige Früchte, leuchtend rot mit kleinen Sternchen. Im Schatten des Baumes war der Sandkasten. Wichtiger für mich aber waren die benachbarten Turngeräte: Schaukel, Kletterstange, Turnstange. Hier konnte ich mich endlos drehen, durch die Luft fliegen, mich hochhangeln. An den Füßen hängend schaukelte ich gemächlich, nicht achtend, dass die Röcke einmal mehr in Fetzen gingen.

Durch brutale Kriegseinwirkungen wird das Kind jäh aus seinem Paradies vertrieben, frierend steht es inmitten von Ruinen. Lohnt sich ein Neubeginn?

Dr. Lotte Lobbes, Nervenärztin, Psychoanalytikerin, reiselustig; lacht auch sonst gerne. Leidenschaftliche Zeitungsleserin und Fußgängerin. Etwas ungesellig, feiert trotzdem gerne (»Das ist kein Widerspruch«).

Auswandern? Lieber doch nicht!

Auch wenn wir nicht davon träumen auszuwandern, bewundern wir die Menschen, die den Mut dazu aufgebracht haben. Wir stellen uns Pioniere vor, stark, freiheitsliebend, patent. Selfmademen. Australien und Neuseeland sind die Ziele, die wir heute noch als wahre Pionierländer wahrnehmen – gigantische Landschaften, dichte Dschungel, einsame Farmen und die Exotik der Südsee.

Auf der Suche nach diesen Dingen fuhr Gabriela Herpell durch Neuseeland und Australien, ein Jahr lang. Sie fand all das vor – und je mehr sie sich ihren Fantasien näherte, desto mehr verblassten sie am Horizont. Einsame Farmen sind nur aus der Ferne romantisch – oder bei schönem Wetter. Pioniere sind freiheitsliebend und mutig, aber auch erschreckend bindungs- und bedürfnislos. Und konservativ.

Das Buch richtet sich nicht gegen die Menschen in Australien oder Neuseeland, sondern gegen unsere verklärten Vorstellungen von ihnen – und vom Auswandern ins Südseeparadies.

Gabriela Herpell, 41, war Redakteurin bei »Stern« und »Tempo«, wanderte nach drei Anläufen 1995 endgültig aus – und war nach einem Jahr wieder da. Seitdem arbeitet sie als freie Autorin und lebt in München.

Am Anfang ein Ende

In der Zeitung endet eine Geschichte mit dem letzten Satz, im Leben beginnt genau in diesem Moment manchmal eine neue Geschichte. So wie bei Rantweesane Gontse, über den ich im März 1997 im »SZ-Magazin« geschrieben habe. Der Farmer aus Botswana erzählte von der Dürrekatastrophe, durch die er seine Rinder verloren hatte. Zum Geldverdienen musste er in die Stadt, lebte in einem Armenviertel, weit weg von seiner Frau und seinen zehn Kindern, und es sah nicht so aus, als käme er dort je wieder weg. Aber dann rief ein Leser aus Frankfurt an, wir stellten den Kontakt her, der Frankfurter flog nach Botswana, kaufte neue Kühe und Gontse kehrte in sein Dorf zurück.

Was passiert mit den Menschen, wenn sich die Medien einmischen? Das wird in diesem Buch erzählt. Die Rinder von Rantweesane Gontse haben längst Nachwuchs, der Mann aus Frankfurt schickt immer noch regelmäßig Geld, damit Gontses Kinder zur Schule gehen können, aber in seinem Dorf hat Gontse kaum noch Freunde, weil keiner versteht, warum gerade er so ein Glück haben soll. Die Geschichte nach der Geschichte.

Simone Kosog, geboren am 27.6.1967 in Wanne-Eickel, Volontärin und Redakteurin bei der »WAZ«, jetzt beim »SZ-Magazin«.

Archäologie des 20. Jahrhunderts

Esperanto: Abschaffung der Individualsprachen
Fingerfarben: Abschaffung der Sauberkeit
FKK: Abschaffung der Scham
Gegenstandslose Welt (Malewitsch): Abschaffung der Mimesis
Gender studies: Abschaffung der Geschlechtlichkeit
Kommune 1: Abschaffung der Familie
Kommunismus: Abschaffung der Klassengesellschaft
Kunst des Erlebens (Stanislawski): Abschaffung der Darstellung
La cité radieuse (Le Corbusier): Abschaffung der Stadt
LSD: Abschaffung der Wirklichkeit
Mengenlehre: Abschaffung der Algebra
Mikrokosmos (Bartók): Abschaffung der Tonalität
Psychoanalyse: Abschaffung des Es
Summerhill (Neill): Abschaffung der Erziehung
Volkskantinen (Ceausescu): Abschaffung der Privaternährung
Walden II (Skinner): Abschaffung der Höflichkeit
Wiener Kreis: Abschaffung der philosophischen Probleme

Philomene Magers führt eine Kunstgalerie in München, ihr Mann, Jan Schmidt-Garre, ist Regisseur und Produzent.

Gestrichen voll

Der Stoff, aus dem das Buch ist, das ich eines Tages schreiben werde, ist die Wut. Es wird nur aus Gemeinheiten, Prahlereien und Indiskretionen bestehen – und mich zu einem einsamen, verfolgten Mann machen. Aber das ist mir auch egal. Denn seit Jahr und Tag sammle ich all die Bonmots und Anekdoten, Enthüllungen und Beichten, die ich im Schweiße meines Angesichts den mächtigsten Politikern, Industriekapitänen und Künstlern im Lande entlockte, aber nie veröffentlichen durfte. Sie fielen dem Rotstift ängstlicher Referenten oder hysterischer Ehepartner zum Opfer, denen die Interviews zur Autorisierung vorgelegt worden waren. All die wunderbaren Dinge, die ich schon immer über Politik wissen wollte und beim weinseligen Essen bei meinem Lieblingsitaliener endlich auch erklärt bekam. Und dann sagte der Parteivorsitzende oder der Ministerpräsident zum Dessert: *»Also, ich bitte Sie, wir reden doch hier vertraulich …«* Oder die ganzen Stars bei unserer Talkshow: Sie redeten sich um Kopf und Kragen. Leider erst nach der Sendung: *»Das konnte ich Ihnen doch nicht vor allen Leuten sagen.«* Aber ich sammle und archiviere alles und vergesse nichts.

Denn mein Buch wird kommen, und dem Werk voranstellen werde ich einen Satz des Hauptdarstellers eines der größten Politskandale der Nachkriegszeit. Als ich ihn fragte, warum er eine Stelle aus unserem Gespräch wieder streichen wolle, sagte er: *»Wenn ich alles ausspreche, wird die Republik in ihren Grundfesten erschüttert.«*

Und all das soll nicht gut sein für meinen ersten Bestseller?

Giovanni di Lorenzo, 42, in Stockholm als Sohn eines Italieners und einer Deutschen geboren, machte in Hannover Abitur, in München Karriere als politischer Redakteur bei der »Süddeutschen Zeitung« und ist heute Chef des Berliner «Tagesspiegel«; nebenbei moderiert er die NDR-Talkshow »III nach Neun«.

Das sterbende Dorf

Zimbabwe, Afrika, im Jahr 2001. Ein kleinesDorf, 30 km von der Hauptstadt Harare entfernt.

Seit 1980 ist das Land unabhängig – ein großer Einschnitt im Leben der Dorfgemeinschaft. Die jungen Männer werden aufgrund der Unabhängigkeit und Gründung des Staates Zimbabwe in die Hauptstadt delegiert, um dort eine Ausbildung zu bekommen, die sie befähigt, die mittleren und unteren Verwaltungsstellen des Landes zu übernehmen. Ein erster Schritt in Richtung Fortschritt, es bedeutet aber auch: Die Männer sind in den folgenden Jahren nur am Wochenende zu Hause. Dadurch ergeben sich Konflikte in den Familien.

Als die Aids-Welle das Land erreicht, beginnt jedoch die eigentliche Tragödie des Dorfes.

Die Männer die am Wochenende zu ihren Familien ins Dorf zurückkommen, haben sich in der Stadt mit dem HIV-Virus infiziert. Sie stecken ihre Frauen an. Eine gezielte Aufklärung über die Krankheit gibt es nicht. Man stirbt an »Grippe«, »Lungenentzündung«, »Infektionen« ... Nach wenigen Jahren ist die Dorfgemeinschaft zerstört, eine ganze Generation ist an der Seuche gestorben. Übrig geblieben sind nur Großmütter und Waisenkinder.

Wie die alten Frauen mit der Herausforderung – die Kinder zu ernähren und großzuziehen – fertig werden, dies zu berichten ist das Anliegen des Buches.

Joachim Tomaschewsky, im 83. Lebensjahr, als Schauspieler an Frank Castorfs Berliner Volksbühne engagiert. Die Anregung zu diesem Buch war ein längerer Aufenthalt in Afrika bei Dreharbeiten mit dem Regisseur Christoph Schlingensief.

Jede Nacht

© Tanja Wörle

Leoni ist 14. Sie leidet unter Albträumen. Der immer gleiche Horror sucht sie im Schlaf heim: Eine männliche Gestalt mit Furcht einflößendem Äußeren lehnt an ihrer Zimmertür. Seine Kleidung ist zerrissen, er hat ungewöhnlich große Hände, eine Narbe auf der linken Gesichtshälfte und nur noch ein Bein. Doch so furchtbar er aussieht, so hilflos sind seine Blicke. Was will der Mann von ihr? Als Leoni ihren Eltern davon erzählt, lachen sie nur über ihre Probleme, nennen sie pubertär. Doch Leoni wird diesen Mann nicht los. Er geht ihr nicht aus dem Kopf. Sie fühlt sich verfolgt. Und da ist noch ein anderes Gefühl in ihr, das sie überhaupt nicht deuten kann.

Eines Tages begegnet sie bei einem Spaziergang einem Obdachlosen. Er ist es! Der Mann aus ihrem Traum. Er hält einen Papierdeckel in seinen Händen, auf dem folgende Worte geschrieben stehen: »Habe im 2. Weltkrieg, als ich neun Jahre alt war, meine ganze Familie verloren – bitte, helft mir.« Leoni fühlt sich verantwortlich für diesen vom Schicksal gequälten Menschen – eine ungewöhnliche Freundschaft beginnt.

Tanja Wörle, geboren 1980 in Krumbach (Schwaben), Fußballbundesligaspielerin des FC Bayern München und Fußballnationalspielerin der U 21. Ab Oktober 2001 will sie Pädagogik studieren.

Von Beruf Sohn

© Max Witzigmann

Ein Poster. Eine Berglandschaft. Ein Spruch: Wenn du das Ziel nicht kennst, ist kein Weg der richtige. Ich schüttele den Kopf. Kalenderblattphilosophie. »Nein«, schallt die Stimme der Sprechstundenhilfe durch den Korridor, »da haben Sie sich verwählt. Wir sind ein HIV-Schwerpunkt!« Aus den Lautsprechern dudelt Fahrstuhlmusik: »What a wonderful world.«

Der Roman erzählt die tragikomische Geschichte von Jakob, 23, Promisohn – beginnend im Wartezimmer einer Münchner Arztpraxis.

Koh Samui, Thailand. Acht Tage und Nächte hat sich der neurotische Frauenfeind gegen die Angriffe seiner unattraktiven, sexsüchtigen Reisebegleiterin wehren können. Doch in der letzten Nacht dieses katastrophalen Urlaubs ereignet sich der GAU: Jakob hat im Vollrausch ungeschützten Sex mit einem thailändischen Hotelangestellten. Widerwillig, aber nicht ganz unfreiwillig: »Wenigstens weiß ich jetzt, dass ich nicht schwul bin.«

Wieder zurück in Deutschland geht Jakob zum HIV-Spezialisten. Die kommenden Wochen bis zum Testergebnis verbringt er in Angst, Depressionen, Wahnzuständen. Er hat niemanden, mit dem er über sein Problem reden kann. Weder mit seinem Vater, dem alten Casanova, noch mit seiner bigotten Mutter, bei der Jakob nach wie vor wohnt.

Schließlich macht er seine Paranoia zum Thema in der erfolglosen Radioshow, in der er als Comedy-Sidekick arbeitet. Der Schuss geht nach hinten los: Der ernst gemeinte Charakter des AIDS-kranken Promisohns wird zum Kult.

Die exzessiven Partys der verrauschten »high« Society machen ihn nur noch unglücklicher. Niemand nimmt ihn ernst. Für alle ist er nur »der Sohn des berühmten Kochs» – bis er auf einer Promihochzeit die Frau seines Lebens kennen lernt. Am Ende wendet sich alles zum Guten.

Scheinbar. Denn das Erlebnis mit dem Thai war nicht das einzig Schreckliche, das sich in dieser schicksalhaften Nacht ereignet hatte.

Max Witzigmann, Jahrgang 1974, österreichischer Münchner. Autor für Print, Radio, TV (Hape Kerkeling: »Darüber lacht die Welt«) und Film. Zwischendurch drei Jahre Unterhaltungschef bei Radio Energy. Produzent und Manager von Erkan & Stefan. Zuletzt Autor des Films »Der Mond hinter den Scheunen«.

Henkerssöhne
© Olivier Meyer

Am 31. Mai 1729 stand Charles-Jean-Baptiste Sanson zum ersten Mal auf einem Schafott. Der Zehnjährige ging dem Scharfrichter bei der Exekution eines Schwerverbrechers zur Hand. Für den Jungen begann damit die Ausbildung zum Henker, ein Beruf, den schon sein Vater und sein Großvater ausgeübt hatten.

Charles-Jean erlernte in den folgenden Jahren die klassischen Handgriffe eines Henkers. Er lernte, eine Folter so zu dosieren, dass der Angeklagte noch gestehen konnte, ehe er exekutiert wurde, er lernte, Delinquenten die Knochen zu brechen, sie zu erdrosseln oder aufs Rad zu flechten. Schließlich bereitete ihn seine Lehre auf die Königsdisziplin vor: mit seinem Richtschwert (das das lateinische Motto trug »Gewalt mit Gewalt zu brechen ist erlaubt«) den Hals eines Straftäters so zu treffen, dass der Kopf beim ersten Schlag fiel. Wer da versagte, das wusste Charles-Jean, der bekam es mit dem wütenden Mob zu tun.

Das sorgfältig recherchierte Buch gibt Einblick in die Lebenswelt von Henkern. Die Geschichte wird aus der Sicht der Söhne erzählt – Kinder, die von klein auf in direktem Kontakt mit physischer Gewalt und Tod standen, weil sie zu Nachfolgern ihrer Väter bestimmt waren.

Olivier Meyer, Jahrgang 1964, 1984 bis 90 Studium der Geschichte und Literaturwissenschaft, arbeitet heute als freier Journalist.

Fliegenblutwein
© Holde-Barbara Ulrich

Eine verzehrende neue Liebe ... Seit sie es weiß, gibt es für Antonia nur noch einen einzigen Grund weiterzuleben – sie muss Wolfgang töten. Ihre furiose Sucht nach Rache hält sie am Leben, sonst nichts. Die letzten Monate waren eine Zeit überfallartiger Einsichten. Seither wird sie nur noch von den Schwingungen ihres Hasses getröstet.

Um ihre Absicht reifen zu lassen, braucht sie Abstand, eine Art Kasteiung: Hitze, Einsamkeit, Meer, Felsen. Die Halbinsel Krim, was sonst? – Beginn von allem und nun das Ende.

Ihn töten! Der Gedanke ist wie eine Erlösung. Die Kraft dazu holt sie aus der Farce seiner Schwüre, dieses inzwischen lächerlichen »Auf immer und ewig«. Und aus der unerträglichen Last der Verluste. Nie wieder wird sie seine Abschiede haben, die er so grandios zelebrierte, nie wieder den Fliegenblutwein ihrer überhitzten Rituale vergären sehen, den Geliebten nie mehr um ihretwillen weinen hören. In der rastlosen Schwüle der Nächte irrt sie, halb wahnsinnig vor Sehnsucht, ziellos umher. Eines Nachts steigt sie in das Auto eines rätselhaften Mannes. Schon lange lauert er ihr auf. Er ist bucklig, Musiker, göttlich begabt. Selbstquälerisch lässt sie sich auf ihn ein. Seine traurige Zärtlichkeit geht ihr ans Herz. Weil sie weiß, dass alles im Leben seine Bewandtnis hat, bleibt sie eine Weile bei ihm. Lange genug, um von ihm ein Geheimnis zu erfahren, das Geheimnis des stillen Todes ...

Holde-Barbara Ulrich, Journalistin und Autorin für »Spiegel«, »Geo«, »Zeit«, Egon-Erwin-Kisch-Preisträgerin. Zuletzt erschienen: »Zuhause ist kein Ort« (Roman).

The Universal Couch
© Horst Wackerbarth

Eine Couch umrundet die Welt. Auf der Couch sitzen Menschen und erklären ihre Philosophie. Menschen, die keine Philosophen sind oder Künstler oder Wissenschaftler oder Politiker, sondern einfache Leute, die nie danach gefragt werden, was sie denken.

Die Couch kommt zu ihnen. Die Interviews auf der Couch wurden dort geführt, wo diese Menschen leben. Im Ghetto, im Slum, im Gefängnis, im Sweatshop, in ihrer Welt.

Horst Wackerbarth, berühmt geworden mit seiner Fotoserie »Die rote Couch«, strebt mit seinem neuesten Projekt nichts Geringeres an als ein Museum der Menschheit. Mit dem Abdruck der Interviews haben wir eine Anthropologie des 21. Jahrhunderts in den Händen.

Jede einzelne Geschichte trägt zum globalen Gesamtmosaik bei. Die Couchinterviews spiegeln nicht nur Wirklichkeit, sie vermitteln zwischen den Menschen weltweit und zeigen uns, was wir alle gemeinsam haben und was uns trennt – die Wünsche, das Erreichte, die Träume und Ideale.

Horst Wackerbarth, geboren 1950 in Fritzlar, Fotograf, lebt in Düsseldorf und Paris. Internationale Ausstellungen und zahlreiche Veröffentlichungen, Medienberater.

Petrus II.
© Philipp von Studnitz

Zu Beginn des 21. Jahrhunderts dachten die Katholiken, der Papst sei verrückt geworden. Johannes XXIV. präsentierte der gläubigen, ungläubig staunenden Welt seinen Nachfolger: Xavier María della Santa Monica, fünf Jahre alt, Kalifornier, laut den Worten des Heiligen Vaters ein Prophet und – Gottes Sohn.

Der Junge wusste genau, was er wollte. Er nannte sich Petrus II. und im Laufe seines Lebens erobert er die Herzen der Menschen im Sturm. Doch es mehren sich die Fragen. Wo ist er hergekommen? Was verbirgt sich hinter der »Prophezeiung vom Sonntagsberg«? Die kirchlichen und politischen Gegner Petri II. versuchen mit allen Mitteln, hinter das Geheimnis von Herkunft und Wirken des kalifornischen Heilands zu kommen.

Unbeirrt bereitet sich der letzte Papst der Geschichte auf das Jüngste Gericht vor. Und formuliert, zur Rettung der verlorenen Seelen, seine Gesetze des Neuen Bundes, das Dritte Testament. Bis seine Aufzeichnungen gestohlen und veröffentlicht werden.

Philipp von Studnitz, 34, in Malmö geboren, in Bayern aufgewachsen; er schreibt als Journalist für die »B.Z. am Sonntag« und die »Welt am Sonntag«.

Politik als Beruf
© Peter Radunski

Ein Politiker muss schlicht und ergreifend ein Held sein, meinte Max Weber. Viele nehmen das ernst und machen dementsprechende »Heldenstorys« aus ihrer Biografie. Oder sie analysieren mit politikwissenschaftlichem Werkzeug ihre Arbeit. Dieses Buch ist anders, auch wenn es ein Buch über Politiker ist.

Es ist eine Physiologie des Politikers. Was treibt ihn an? Quält ihn sein Verantwortungsgefühl oder genießt er Macht und Gestaltungschance? Wenn Politiker Niederlagen, Ärger, Verrisse und Kritik wegstecken, unterstellt man ihnen eine dicke Haut. Wird sie zur Schau getragen oder sind Politiker tatsächlich dickhäutig? Nach allgemeiner Ansicht entspricht der starken Psyche eine robuste Gesundheit. Was bedeutet das für den Umgang der Politiker mit ihrem Körper?

Freundschaft und Politik – das verträgt sich nicht. Eine Plattitüde. Ist sie auch auf Parteifreunde anzuwenden? Wer diese Fragen beantworten will, muss nicht nur aus dem Nähkästchen plaudern, sondern sein Innerstes beleuchten: Ob er auch im privaten Leben Machiavellist ist, ob er Lampenfieber hat, ob er noch zuhören kann, ob er für den Staat oder von dem Staat lebt, ob er aufhören kann …

Das Innenleben der Politik, von einem Insider beschrieben – eine nicht nur für aktive und künftige Politiker ergiebige Lektüre. Sie hilft uns allen, den Homo politicus zu verstehen und ihm unter Umständen auch mal etwas Nachsicht entgegenzubringen.

Peter Radunski, 1939 in Berlin geboren, Diplom-Politologe, Senator für Wissenschaft, Forschung und Kultur, seit 1999 Mitglied des Berliner Abgeordnetenhauses.

Der Glockenklang

Er stand mitten auf dem Schrottplatz des Flugzeugfriedhofes und aus dem Chaos verbogener Metall- und dünner Stahlstäbe unter seinen Füßen stiegen Klänge empor, bei denen er erst im Moment der Wahrnehmung wusste, dass er auf sie gewartet hatte. Ein entscheidender Moment im Leben des Harold Rhodes, der 1942 aus den Trümmern eines B-17-Bombers sein erstes Piano baut, das »Army Air Corp Piano«.

In einer Mischung aus Roman und Biografie wird die Geschichte eines Mannes erzählt, dessen Leben sich irgendwo zwischen American Dream und herben Niederlagen bewegt. Als 20-Jähriger ein heißer Verehrer von Benny Goodman, arbeitet er sich zum Klavierpädagogen hoch und bekommt seine eigene Radiosendung (»The Piano Teacher On the Air«). Seine nach dem Krieg gegründete Firma hat zwar seit den späten 50er Jahren verschiedene Besitzer (u.a. Leo Fender), aber Rhodes wäre nicht Rhodes, wenn er nicht heute noch – über 90-jährig – an der Entwicklung eines neuen Pianos arbeitete.

Falk Ray, 51, spielte bereits in seiner Schülerband auf einem Rhodes-Piano und wurde trotzdem Geografielehrer. Er lebt mit Frau und zwei Kindern bei Stuttgart und ist einer der größten Frank-Zappa-Fans auf diesem Globus.

I-Ha-Ha – Pferde für Kinder

Ich heiße Jakob, eigentlich Jakob John, aber mein älterer Bruder sagt neuerdings »Pferd« zu mir. Der Typ hat keine Ahnung. Er weiß nichts von nichts. Aber einen ärgern, das können sie, die so genannten größeren Geschwister.

Na ja, es stimmt schon. »Pferd« ist wirklich so etwas wie mein zweiter Name geworden, mein Tag-und-Nacht-Traum. Verrückt eigentlich. Ich hätte das selbst nie gedacht. Heute weiß ich: Wer einmal anfängt, sich mit diesen großen Tieren wirklich zu beschäftigen, wer sie studiert und sie »riechen« kann, wer einmal im Sattel gesessen hat – der wird von dieser Leidenschaft nie mehr loskommen. Pferde sind cool. Pferde sind geheimnisvoll. Ohne Pferde könnte ich nicht leben. Und ich könnte immer und immer und immer (und dann immer noch) über Pferde reden.

Liebe Leute, deshalb habe ich mich ja endlich auch entschlossen, ein eigenes Pferdebuch zu schreiben. Ich meine, ein Buch, von dem Kinder wirklich etwas lernen können. Ich bin zwar nur ein kleiner »Pferdeflüsterer«, aber meine Erfahrungen mit Gäulen könnten anderen Leuten ganz gut tun. Lustige Abenteuer sind im Preis inbegriffen. Darauf könnt ihr einen wetten.

Jakob John Seewald ist 13 Jahre alt und Schüler. Er lebt in München.

Simultan-Kunst-Lese-Buch

Vieles, was uns im Nachhinein als schön chronologisch angeordnet erscheint, ist in Wahrheit mehr oder weniger zeitgleich passiert. Erst der Abstand, den wir heute haben, trennt das gleichzeitige, pluralistische Nebeneinander und sortiert es in eine lineare Abfolge. Zum Beispiel: Als 1966 die New Yorker Galerie von Virginia Dwan in ihrer berühmten Ausstellung »Ten« Minimal Art der frühen Stunde zeigte, da wurde am selben Tag, zur selben Uhrzeit, im selben Gebäude, ein Stockwerk tiefer, in der Fischbach Gallery, die Ausstellung »Eccentric Abstraction« eröffnet, die wie eine Reaktion auf das, was die erste Ausstellung verkörperte, erschien: Sie präsentierte die neue Richtung einer anti-minimalistischen Kunst, Arbeiten von Künstlern, die den freien, sensuellen Umgang mit weichen Materialien suchten.

Was simultan geschehen ist, wird in diesem Buch auch simultan dargestellt. Parallele Zeit- und Handlungsstränge sind auch als solche parallel lesbar. Der Autor erreicht das dadurch, dass sich in den Spalten seines Buches Ereignisse senkrecht aneinander reihen und die Geschichte der Minimal Art, der Concept Art, der Land Art und der Arte Povera ergeben. Beim Springen zwischen den Spalten stellt sich Simultaneität ein.

Werner Lippert, geboren 1950, Kunstkritiker, Ausstellungsmacher, Verleger und Herausgeber der Kunstzeitschrift »Extra«, erfand für »Focus« den Begriff der »Info-Elite«.

Leon der Lügner
© Sabine Asgodom

»Lieber Gott, lass ihn nicht unter meinen Rock fassen, lieber Gott ...« Es ist ganz schön schwer, gleichzeitig zu beten und sich wilder Lust hinzugeben. Vor allem, wenn du 19 und noch unschuldig bist und aus einem Kuhdorf in Niedersachsen stammst. Und es ist noch viel schwerer, wenn du unter deinem karierten Faltenrock eine fleischfarbene Miederhose trägst – bis zur Mitte deiner etwas feisten Schenkel. Lycraverstärkt, vor allem im Bauch- und Pobereich, *»macht dich mindestens zwei Nummern schlanker«*. Danke, Mutter.

Wie hätte ich dummes Ding wissen können, dass ich gerade heute Abend den Mann meines Lebens kennen lernen würde? Den Mann – ach was, den Wunderbaren, Einzigen, den Gott. Der mir jetzt gerade seine Zunge so tief in den Hals schiebt, dass ich keuche. Der mir mit seinen heißen Händen so zusetzt, dass mir die Brille beschlägt – trotz 15 Grad minus an diesem 19. Januar 1973. Ich möchte vergehen und kneife gleichzeitig meine Beine noch fester zusammen. Ach, wenn ich damals nur gewusst hätte, was ich heute weiß!

Sabine Asgodom, Jahrgang 1953, Journalistin, Managementtrainerin und Autorin von Bestsellern wie »Eigenlob stimmt«, »Reden ist Gold«, »Erfolg ist sexy« und »Greif nach den Sternen«.

Ich hasse alle

Immer muss man alles verstehen, muss neugierig sein, aufgeschlossen, einsichtig. Schluss damit! Hier ist einer, der das alles satt hat. Er hasst nämlich alle. Alles. Jeden. Die ganze Welt. Nicht nur seinen Chef oder seine Frau oder deren Mutter, sondern wirklich alle: die Alten, die auf der Straße vor ihm hertrotteln; die Mädchenklassen, die kreischend in den Bus steigen; und die pickligen Jungs, die ihnen hinterhergaffen, sowieso; die Typen, die Bedienungsanleitungen schreiben; die Menschen, die samstags im bunten Trainingsanzug einkaufen gehen; die Fernsehmoderatoren mit ihrem saublöden Gegrinse; die Idioten, die beim Italiener Buongiorno sagen; die Hunde, die alles zuscheißen; die Hutträger, die Bartträger und die Briefträger; die Rechtswähler, die Linkswähler und die Nichtwähler. Die ganze Welt eben.

Man muss deshalb noch lange nicht Neonazi werden – man kann auch ganz einfach Romanheld sein. »Hassen und gehasst werden« heißt das Motto. Nett sein kann schließlich jeder.

Michael Althen, 1962 in München geboren. Filmkritiker der »Süddeutschen Zeitung«, ab September 2001 Redakteur bei der »Frankfurter Allgemeinen Zeitung«.

Kikeriki *oder* Der Gockel im Mann

© Gerhard Goll

Zu Pfingsten letzten Jahres war ich mit meiner Tochter im Militärmuseum hinter dem Dom des Invaliden in Paris. Wir bewunderten die Ritterrüstungen, die Kraft der Männer, die mit diesem Werkzeug umgingen – und die objektive Lächerlichkeit ihres Tuns.

Dieses Tun findet nicht nur sein Ebenbild im Tierreich. (Jeder Besitzer eines Hunderüden weiß das.) Es spiegelt sich in der ganzen Menschengeschichte in allen »Branchen« wider: natürlich in der militärischen, aber völlig identisch in der politischen, wirtschaftlichen und privaten.

Immer und jederzeit spielt der Mann »Krieg«. Er entwirft – bewusst oder unbewusst – Schlachtpläne, entwickelt Strategie und Taktik, prüft seine Werkzeuge und tritt zum Kampf an, als Partisan oder in offener »Feldschlacht«. Beim Werben um Frau, Haus und Hof; bei der Übernahme eines Unternehmens oder der Gewinnung eines Kunden; bei politischen Wahlen; es ist immer dasselbe Spiel mit den gleichen Werkzeugen. Es ist ein Naturgesetz, beeindruckend und lächerlich zugleich.

Was wäre gewonnen, wenn viele von uns (Männern) verstehen würden, dass es so ist! Viel Ernst, Verbissenheit, Hass könnten vermindert, vielleicht sogar vermieden werden, wenn uns die zweite Komponente unseres Tuns, die der Lächerlichkeit, öfter bewusst wäre.

Ein Buch über so genannte Ereignisse der Menschengeschichte auf allen Feldern menschlichen – und männlichen – Tuns, das im Gegensatz zur üblichen Praxis von Geschichtsbeschreibung nicht den heroischen oder dramatischen, sondern den lächerlichen Part des Vorgangs beschreibt; ein Buch, das den Leser lehrt, über sich selbst zu lachen. Und es macht deutlich, dass Frauen anders sind, dass man sie ernster nehmen muss und kann, als wir Männer das gemeinhin tun. Es wird kein neues Buch für Frauen sein, weil sie die Lächerlichkeit des Mannes gut kennen – und meines Erachtens weniger darunter leiden, als dass sie sich diese Seite des Mannes zunutze machen. Gerade dadurch, dass sie ihm seine Lächerlichkeit verbergen.

Insofern nimmt dieses Buch der Frau eine Waffe aus der Hand, ist also ein längst fälliger Beitrag zur Abrüstung zwischen den Geschlechtern.

Gerhard Goll, Jg. 1942, Vorsitzender des Vorstands der EnBW Energie Baden-Württemberg AG mit Sitz in Karlsruhe.

Blindband

Ein Buch über die Zukunft – schwarz geschrieben und auf schwarzem Papier gedruckt, ein Buch, das man sogar in totaler Bunkerdunkelheit lesen kann. Sogar den Blinden ist es zugänglich. Dem Präsidenten Bush gewidmet. Ein Buch mit vielen Bildern, und wo sogar »The White House« nicht zu sehen ist.

Der Autor bin ich – aber das kann nur ich wissen.

Tomi Ungerer, geboren 1931 in Straßburg. 1956 ging er nach New York und arbeitete als Zeichner, Maler, Illustrator, Kinderbuchkünstler und Werbegrafiker. Er erhielt mehrere Auszeichnungen, u. a. »The Society of Illustrators Gold Medal«.

Schreiben Sie doch auch mal ein Buch …